toi + moi + tous les autres

#MESAMISMESAMOURS

« Il y a sur cette terre des gens qui s'entretuent ;
c'est pas gai, je sais. Il y a aussi des gens
qui s'entrevivent. J'irai les rejoindre. »

Jacques Prévert, *Paroles*

À Tal, mon petit frère, parce que c'est lui,
parce que c'est moi ☺

Sylvaine

Ouvrage publié avec le soutien du conseil départemental de l'Yonne
à l'occasion d'une résidence d'écrivain à Vézelay
(Maison Jules-Roy) durant l'été 2015.

SYLVAINE JAOUI
ILLUSTRÉ PAR NATHALIE JOMARD

toi + moi + tous les autres

#MESAMISMESAMOURS

Casting

Salut ! Moi, c'est Thelma.
Je suis un vrai cœur d'artichaut
qui vit à 100 à l'heure.
Alors accrochez-vous, top départ !
Oups! Non, attendez, avant il fau
que je vous présente les autres ☺

Elle, c'est Lucie, ma BFF.
On se connaît depuis le CP
et je sais que je pourrais
toujours compter sur elle!

Bon, bah elle,
c'est Sixtine.
Oui, je la déteste.

Léo... Il est craquant, non ?
Moi, je suis tombée in loooooooooove
au premier regard. Mais attention,
personne n'y touche, sinon, je mords !

JOSH, UN GARÇON EN OR!
DISPONIBLE, GENTIL,
TOUJOURS DE BONNE HUMEUR.

LE GARÇON LE PLUS ADORABLE
DU MONDE !

MA PETITE SŒUR !
UN MOINE TIBÉTAIN DANS LE CORPS
D'UNE ENFANT DE SIX ANS...
PARFOIS ELLE FAIT UN PEU FLIPPER ☺

LE DIRECTEUR DU REPÈRE 17,
UN HOMME ATTENTIF ET BIENVEILLANT
MÊME SI PERSONNE NE SAIT
QUI IL EST VRAIMENT...

LE CHIEN D'ANGELMANN,
L'ADORABLE-AFFREUX.

Calendrier

SEPTEMBRE

1
2
3
4
5
6
7
8
9
10
11
12
13
14
15
16
17
18
19
20
21
22
23
24 premier jour d'ouverture du Repère 17
25
26
27
28 annonce des groupes de création par Angelmann
29
30

OCTOBRE

1
2
3
4
5
6
7
8
9
10
11
12 écriture du premier scénar pour notre spectac
13
14
15 préparation déco costumes et bande-s spectacle
16
17
18
19
20
21
22
23
24
25 grosse mise au po nécessaire
26
27
28
29
30 vente de paniers b tour de Thelma et L
31

NOVEMBRE

9 répète djembé : Esteban
fin décor : Léo/Thelma
ourlets costumes : Lucie
répète choré : Josh/Sixtine

DÉCEMBRE

1
2
3
4
5
6
7
8
9
10
11
12
13
14 première répète complète + préparation des portes ouvertes
15
16
17 portes ouvertes
18
19
20
21
22
23
24
25
26
27
28
29
30
31

Plan

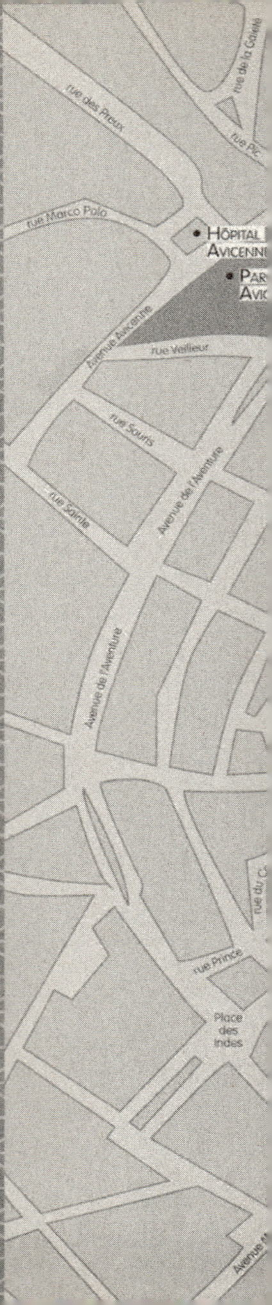
rue des Preux
rue Pic
rue Marco Polo
Avenue Avicenne
rue Vellieur
rue Souris
rue Sainte
Avenue de l'Aventure
Avenue de l'Aventure
rue Prince
Place des Indes

Place du Manège
Lycée René Char
Esteban
Place du Marché
Place Gandhi
Sixtine
Place Zéphir
Passerelle
Square des arts
Centre de Loisirs
rue Lewis Carroll
rue Man Ray
Place des Lys
rue de l'Alouette
rue de la Libération
rue Ulysse
Quai Bleu
rue Robinson
rue Nelson Mandela
rue Picasso
Piscine
Place St Georges
Cimetière des quais
rue George Sand
rue Jules Ferry
Cour pavée
rue Simone Weil
Place des Cordeliers
Josh
Église
Repère 17
rue Boris Vian
rue de l'Hôtel de ville
Hôtel de ville
Léo
des Oliviers
rue Melville
Cabinet vétérinaire
rue Viollet Le Duc
rue Kipling
rue Belle
rue Pan
rue Vivaldi
Crèche
Parc Kipling
rue Agatha Christie
Lucie
rue Lu
rue Joe Dassin
rue Einstein
rue Félix Faure
Thelma
rue Jane Austen
des îles
Madagascar
Parc de la Roseraie

Épisode 1

Avez-vous déjà entendu parler de l'expérience incroyable tentée dans un lieu appelé le « Repère 17 » ?

Non ?

C'est une des plus belles aventures humaines et artistiques de tous les temps.

Avec Lucie, ma BFF, et vingt-quatre autres lycéens, nous avons été choisis pour être les premiers « Repériens », et c'est parce que j'ai eu cette chance inouïe que je veux raconter mon histoire aujourd'hui.

Ce que vous allez lire est donc l'histoire vraie de cette aventure qui permet à des êtres humains comme moi, comme vous, comme tous les autres, de découvrir qui ils sont vraiment et d'embarquer pour leur propre existence.

Je vous souhaite de recevoir un jour, comme je l'ai reçue, votre lettre d'admission au Repère 17. En attendant ce jour, bonne lecture...

Thelma

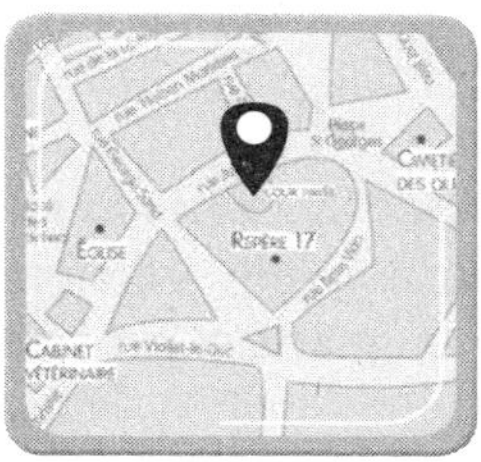

Voilà une heure que nous attendions sagement dans la cour pavée que quelqu'un nous ouvre les grandes portes vertes. Il faisait terriblement chaud en cette fin septembre, et même si les vacances étaient terminées depuis trois semaines, la vie avait encore le goût *bubblegum* de l'été.

Bien sûr, nous avions repris le chemin du lycée.

Bien sûr, les parties de volley durant lesquelles on se vautre sur la plage, les garçons qu'on regarde en coin et les paninis poulet-salade pleins de sable nous semblaient à des années-lumière.

Bien sûr, nous avions l'impression que les vacances d'été n'avaient pas existé et que nous avions enquillé notre année de première le lendemain de notre dernière heure de cours de seconde, mais il n'empêche... En ce samedi 24 septembre, le temps radieux nous boostait le moral et nous patientions sous une grosse chaleur pour entrer au Repère 17.

Thelma – Tu as pris de l'eau?
Lucie – Non...
Thelma – Peut-être que la dernière sélection va se faire là-dessus, alors?
Lucie – Sur quoi?
Thelma – Ceux qui vont mourir déshydratés et les autres! Une sorte de Koh-Lanta nouvelle version. On laisse les candidats sous le cagnard et on voit ceux qui résistent.

Lucie a souri.

Lucie – Ça doit être ça!

J'ai soupiré.

Thelma – Je n'aurais jamais dû venir... De toute façon, je n'ai rien à y faire.
Lucie – Tu ne vas pas recommencer?
Thelma – Ben si...
Lucie – T'es pénible.
Thelma – Oui, mais tu m'aimes? Je suis ta BFF pour toute la vie, non?

Lucie – Oui !!! En même temps, ce n'est pas très difficile, tu es ma seule amie !

Cette fois-ci, c'est moi qui ai souri.

Effectivement, je suis la seule vraie amie de Lucie, mais pour une seule et unique raison : elle est très réservée. Nombreuses sont les filles qui cherchent à gagner son amitié, mais Lucie est du genre à garder ses distances.

Sauf avec moi !!!

Pour son anniversaire, en juillet, toutes les filles du lycée rêvaient de faire partie du groupe WhatsApp que j'avais créé.

Lucie's birthday
t'as trop de la chance, t'es invitée

Et c'est à MOI qu'est revenu l'honneur d'écrire et de prononcer son discours de BFF :

Lucie, ma Lulu chérie,

Tu as dix-sept ans aujourd'hui et je suis super contente de les fêter avec toi. Tu es ma BFF et je ne t'échangerais pour rien au monde. Depuis ce premier jour de CP où tu as partagé tes Oreo tout chocolat avec moi, tu es devenue la personne la plus importante de ma vie. Faut-il rappeler à tous les gens présents ici à quel point tu es géniale ?

Pas la peine ! S'ils ne l'ont pas encore réalisé tout seuls, ils ne méritent pas d'être ici ce soir ! Ils peuvent s'en aller !

En plus, je suis sûre que si je dis tout haut que tu es la fille la plus intelligente, la plus généreuse et la plus attentive que je connais, tu vas m'envoyer balader. Si j'ajoute que je t'admire parce que tu es capable de transformer n'importe quel truc moche en merveille super tendance, tu vas dodeliner de la tête en maugréant : « N'importe quoi ! » Pourtant, c'est vrai, je n'ai jamais rencontré quelqu'un d'aussi doué de ses mains que toi. On se tuerait toutes pour avoir tes bracelets, tes petits hauts et tes mitaines faits maison !

En fait, on se tuerait toutes pour avoir ton look... Personne ne porte les cheveux courts, le rouge à lèvres carmin et la chemise blanche d'homme comme toi. Alors oui, je sais, tu vas me dire : « Mais Thelma, arrête de raconter n'importe quoi... Je suis grande, ultra-maigre et je déteste mon nez. »

Eh bien, ma Lucie, laisse-moi te répondre : « Ne change rien, tu es parfaite... »

J'aime tout chez toi, même si parfois je te reproche ton regard de braise assassin et tes remarques cash qui me bousculent ! Au fond, je sais que derrière tout ça se cache un cœur énorme et franc qui ne veut que mon bien et celui des autres. Tu veilles sur les gens que tu aimes, même si tu t'en défends. Tu es notre ange gardien !

Alors, comme je ne veux pas ennuyer tout le monde avec un long discours, je vais finir par ces mots : « Ma Lulu adorée, même si nous n'avons pas choisi la même section pour l'année prochaine et que nous n'allons pas être dans la même classe pour la première fois de toute notre vie, je te le dis : je t'aime et t'es pas près de te débarrasser de moi ! »

Je me souviens qu'à la lecture de ces quelques mots, Lucie avait essuyé une larme discrète et m'avait serrée fort dans ses bras. Et puis, très vite, elle s'était arrangée pour passer à autre chose.

Ma meilleure amie a un mal fou avec les émotions. Ça ne me gêne pas qu'elle soit comme ça, en ce qui me concerne, j'exprime pour deux ! Je pleure, je ris, je me fâche, je déprime, je suis folle de joie à deux secondes d'intervalle. Parfois en même temps…

Au fait, je vous raconte ma vie depuis cinq minutes et je réalise que je ne me suis même pas présentée… Allez, je le fais !

Je m'appelle Thelma. J'ai seize ans et je suis en première S. Ne croyez pas que j'ai choisi cette section par amour des maths ou de la physique. Non, c'est parce que je ne savais pas quoi prendre d'autre et que mon père répétait en boucle que c'était la voie à suivre…

Alors, j'ai suivi !

Physiquement, je mesure 1 mètre 62 et je pèse 58 kilos (un peu plus si je mets les deux pieds sur la balance), j'ai les cheveux longs châtains avec un petit reflet auburn. Je ne sais pas d'où ça me vient mais je vous jure que c'est naturel !

J'ai les yeux verts (un peu cachés par ma grosse mèche) et un grain de beauté au-dessus de la lèvre, à droite. Quand j'étais petite, j'étais vraiment super complexée à cause de ce grain de beauté. Et puis avec le temps, j'ai fini par l'accepter et même par le trouver joli.

Côté vestimentaire, depuis l'an dernier, il m'arrive de plus en plus souvent de troquer mon éternelle tenue jean-baskets contre des robes, surtout celles qui me font ressembler à des héroïnes de manga. Ça me change vraiment… Lucie me dit que ça me va super bien alors je la crois !

⇨ Mon père affirme que je pourrais travailler davantage au lycée et m'intéresser un peu plus à ce qui se passe à la maison (il faudrait déjà qu'il y soit ! Il est toujours en déplacement pour son job).

⇨ Delphine, ma belle-mère (une femme adorable que j'aime et qui m'aime. Rien à voir avec les marâtres dans les contes de fées !), râle souvent à cause de ma chambre en désordre et de l'état de la salle de bains après ma douche.

☆

Quand j'étais petite, à chaque fois que Delphine me lisait un conte de fées dans lequel on trouvait une horrible belle-mère, genre la méchante reine sorcière de Blanche-Neige, ça me faisait un gros coup au cœur. Je me demandais alors si ma belle-mère aussi se regardait dans le miroir de la salle de bains en hurlant : « Suis-je la plus belle du royaume ? », si elle comptait me donner une pomme rouge empoisonnée pour le goûter ou si j'allais devoir vivre dans une vieille cabane pourrie avec des nains. À la fin de chaque lecture, je refusais de lui faire un bisou et, la pauvre, elle ne comprenait pas pourquoi !!! C'est terrifiant, ces histoires-là...

♡

⇨ Mes grands-parents maternels pensent que je suis une magnifique princesse, mais une magnifique princesse ingrate parce que je ne les appelle pas assez souvent.

⇨ Lou, ma petite sœur âgée de sept ans, répète que je suis super swag (surtout quand elle ne veut pas aller au centre de loisirs le mercredi après-midi et qu'elle me demande de la garder). Le reste du temps, elle se plaint auprès de Delphine que je suis «trop méchante» comme grande sœur et qu'elle aurait «préféré avoir un frère».

Bref, vous voyez, je mène une vie tout à fait fascinante… Comme tout le monde !

Pour en revenir à aujourd'hui, nous attendions donc que le Repère 17 ouvre ses portes. Nous avions été convoquées à 14 h 00 et il était déjà 14 h 20. Une vingtaine de filles et de garçons étaient sur le trottoir. Certains téléphonaient, d'autres jouaient à Candy Crush ou à je ne sais quoi d'autre sur leur portable, d'autres encore écoutaient de la musique, assis sur le trottoir. J'ai demandé discrètement à Lucie :

Thelma – Tu connais quelqu'un ici, toi ?

Ma meilleure amie a jeté un regard rapide et a chuchoté :

Lucie – Quelques têtes déjà vues au lycée mais personne en particulier. Et toi ?

Thelma – Même chose.

Lucie – *A priori*, on n'est pas les seules, les gens n'ont pas l'air de bien se connaître.

Thelma – Sauf la blonde qui n'arrête pas de chiner…

Lucie – Laquelle ?

Thelma – À côté de la porte, celle qui se la joue Black Swan.

http://www.facebook.com

Thelma :
Black Swann, c'est de ce film dont je te parlais pour la peste, tu te souviens ???

Nina est ballerine au sein du très prestigieux New York City Ballet. Sa vie, comme celle de toutes ses consœurs, est entièrement vouée à la danse. Lorsque Thomas Leroy, le directeur artistique de la troupe, décide de remplacer la danseuse étoile Beth McIntyre pour leur nouveau spectacle, *Le Lac des Cygnes*, son choix s'oriente vers Nina. Mais une nouvelle arrivante, Lily, l'impressionne également beaucoup. *Le Lac des Cygnes* exige une danseuse capable de jouer le Cygne blanc dans toute son innocence et sa grâce, et le Cygne noir, qui symbolise la ruse et la sensualité. Nina est parfaite pour danser le Cygne blanc, Lily pour le Cygne noir. Alors que la rivalité entre Nina et Lily se mue peu à peu en une amitié perverse, Nina découvre, de plus en plus fascinée, son côté sombre. Mais s'y abandonner pourrait bien la détruire…

J'aime **Commenter** **Partager**

Lucie :
Oui, je m'en souviens, mais toi, tu ne vas pas te planter un morceau de miroir dans le ventre, je t'en empêcherai !

Thelma :
Merci !!! Sympa d'avoir spoilé la fin du film pour nos amis FB ☺

Une fille avec un tee-shirt à encolure danseuse et un chignon bas riait à gorge déployée avec son voisin de droite. Elle prenait à chaque fois la pose, comme si elle dansait sur la scène de l'Opéra de Paris.

Lucie – Ah oui, effectivement, c'est grosse opération séduction, comme d'hab !

Thelma – Comment tu sais ?

Lucie – Elle est en première L avec une fille que je connais. Personne ne peut la supporter dans sa classe.

Thelma – Je comprends... Qu'est-ce qu'elle se la joue ! Le type en face est vraiment beau gosse : grand, brun, sourire charmant. Lui, je l'avais déjà repéré au self !!!

Lucie a levé les yeux au ciel comme lorsqu'elle est agacée. J'ai réagi au quart de tour :

Thelma – Tu ne le trouves pas sexy ?

Lucie – Si, très... Mais tu te laisses toujours avoir par ce genre de type.

Thelma – Quel genre ???

Lucie – Le genre qui va te ruiner le cœur... Ai-je besoin de te rappeler tes délires sur Eliot-le-ténébreux-perso ou Harold-le-romantique-nombriliste ?

Thelma – Pas la peine... Merci !

Lucie – Dans le cas présent, nous avons Monsieur Le-rebelle-je-me-kiffe : j'ai attaché mes cheveux mi-longs avec un vieil élastique et j'ai tagué sur mon Eastpack « government is watching you ».

J'ai regardé avec plus d'attention le sac du beau brun.

Thelma – Il n'y a pas écrit « government is watching you » sur son sac…

Lucie – Non, mais c'est tout comme ! Regarde son personnage avec l'œil de cyclope sur la poche avant.

Thelma – Ah bon, l'œil de cyclope, ça veut dire ça ?

Lucie – Oui… J'ai déjà vu ce tag sur le Net. Le type voulait dénoncer la surveillance dont on fait tous l'objet dans notre société hyper technologique. Il s'était inspiré d'une œuvre collective menée par un artiste super connu.

Ça, c'est une chose qui m'impressionne chez Lucie. Là où toi, tu vois un pauvre œil dessiné sur un sac, elle, elle voit tout un concept.

Thelma – Et la tache noire sur le côté, ça signifie quoi ?

Lucie l'a observée avec l'œil de l'experte et a prononcé d'un ton docte :

Lucie – Ça, c'est son vieux stylo pourri qui fuit…

J'ai éclaté de rire.

Thelma – C'est tout de suite moins glamour ! Comme quoi, les grands artistes rencontrent eux aussi des problèmes basiques du type : stylo pourri, Tipp-Ex qui fait des tas, peinture qui sèche…

Je n'avais pas fini de dresser la liste des ennuis potentiels des grands artistes lorsqu'un chien est apparu dans la cour.

Quand je dis « chien », vous imaginez peut-être un énorme molosse de garde aux canines pointues échappant à la vigilance de son maître et cherchant à protéger son territoire. Et bien, pas du tout…

Le chien qui venait d'entrer était une espèce de bâtard couleur caramel avec pour caractéristique principale de n'avoir qu'une seule oreille (l'autre semblait avoir été coupée à la machette). Il remuait la queue façon essuie-glace en temps d'orage. Il a couru vers chacun d'entre nous, léchant au passage une main, un genou ou un pied.

Un de mes voisins l'a appelé.

Le voisin – Van Gogh ! Viens, le chien…

Quoi ?! Il s'appelle vraiment « Van Gogh » comme le peintre ? Quelle drôle d'idée !

BREAKING NEWS : VAN GOGH

Aujourd'hui, 24 décembre 1888, à l'aube, la police d'Arles a récupéré un homme au visage sanguinolent et l'a conduit à l'hôpital. Il s'agirait de Vincent Willem Van Gogh, peintre néerlandais, né le 30 mars 1853 aux Pays-Bas. Au cours d'une crise, le dénommé Van Gogh se serait coupé l'oreille gauche au moyen d'une lame de rasoir. Cette automutilation serait-elle le symptôme d'une santé mentale déjà défaillante ? Apparemment, ce peintre a du mal à trouver des acquéreurs pour ses œuvres, il n'a vendu qu'une seule toile depuis le début de sa carrière ! Il faut avouer que ses tableaux de sa chambre à Arles ou de ses *Tournesols* tordus sont vraiment étranges…

BREAKING NEWS : VAN GOGH

Petite info : au XXIe siècle, Van Gogh est désormais considéré comme un des plus grands peintres de tous les temps, il est exposé partout dans le monde et son Portrait du Docteur Gachet s'est vendu à 82,5 millions de dollars. Comme quoi, il faut parfois attendre avant que le travail d'un artiste soit reconnu !!!

L'adorable-affreux bâtard s'est précipité sur la main qui se tendait. Il devait certainement avoir des problèmes de vue ou de freinage parce qu'il n'a pas réussi à s'arrêter à temps et s'est littéralement encastré dans les jambes de mon voisin. Rassurez-vous ! Ça ne l'a pas empêché à la seconde suivante de rebondir comme un kangourou sous Red Bull et de partir vers d'autres aventures...

En moins de vingt secondes, il est devenu l'attraction numéro 1. Maintenant que tous connaissaient son nom, il a été appelé aux quatre coins de la cour pour recevoir des caresses. Cette soudaine popularité a augmenté son naturel fougueux. Van Gogh a effectué des dérapages non contrôlés et des loopings imprévisibles. Le bruit de vieux moteur qu'il faisait en respirant laissait craindre un arrêt cardiaque à tout instant.

J'ai demandé à mon voisin :

Thelma – Il est toujours comme ça ?

Le voisin – Je ne pense pas... La seule fois où je l'ai vu, il est resté très sage aux pieds de son maître, Angelmann.

Thelma – On l'imagine mal en vieux chien zen.

Le voisin – C'est sûr...

Van Gogh a continué à courir de l'un à l'autre, fou de joie, oreille (au singulier) au vent !

Je ne sais pas pourquoi certains comiques passent des mois à écrire des spectacles, il leur suffirait d'inviter ce chien sur scène pour provoquer l'hilarité générale !

On pourrait aussi l'inviter dans certaines soirées pour réchauffer l'ambiance parce que, dans le cas présent, dix minutes plus tard, grâce à lui, nous discutions tous les uns avec les autres.

Une fille racontait à Lucie le chagrin qu'elle avait eu à la mort de Groom, le labrador de son enfance, tandis que je faisais la conversation à un type très maigre et assez efféminé qui se prénommait Esteban. Il m'écoutait avec attention mais parlait peu, sauf quand je l'ai branché sur son entretien avec M. Angelmann, le directeur du Repère 17. Là, il a dit d'un seul coup :

Esteban – J'étais super impressionné lorsque je suis entré dans son bureau. Mon cœur battait comme un dingue, ça bourdonnait dans mes oreilles. J'avais peur de ne pas être pris.

Je l'ai regardé, surprise.

Thelma – Ah oui, à ce point ?

Esteban – Pas toi ?

Thelma – Si, mais pour te dire la vérité, je me suis inscrite seulement pour être avec mon amie Lucie. En ce qui me concerne, je n'ai aucun talent pour l'art…

Esteban – Ah bon? Et tu l'as confié à M. Angelmann?

Thelma – Oui, je lui ai tout avoué même si je savais que dans un lieu comme celui-ci, la sélection se ferait d'abord sur des critères artistiques.

Esteban – Et comment a-t-il réagi?

Thelma – Il n'a pas commenté. Il m'a posé des questions sur ma relation avec Lucie, sur la place de l'amitié dans ma vie et sur ma famille.

Esteban – Et aucune question sur l'art?

Thelma – Non…

Esteban – C'est étrange.

Thelma – Ouais.

Mais au fait!!! Je ne vous ai pas du tout expliqué ce qu'est le Repère 17 et pourquoi il est étonnant que j'y ai été admise alors que je n'ai aucune pratique artistique.

Allez, je prends le temps de vous donner quelques infos.

En juin dernier, Lucie a su par une amie de sa mère qu'un formidable lieu consacré à l'art, pour les adolescents, allait ouvrir ses portes à la rentrée, au 17 de la rue Jules-Ferry.

Repère 17

Quand je dis formidable, entendez même révolutionnaire !

Le Repère 17 était décrit comme un endroit dans lequel des artistes allaient animer des ateliers afin d'initier des jeunes à leur discipline. On trouverait donc là des comédiens, des écrivains, des acrobates, des illustrateurs (j'en passe, et des meilleures...), prenant le temps de transmettre leur savoir-faire à des adolescents.

Un rêve « d'école » sans examens, sans notes, avec juste l'amour de l'art en partage !!!!

Seule exigence pour y être admis : un entretien d'entrée avec le directeur, Raphaël Angelmann. Entretien à cartonner absolument parce que les places allaient être comptées.

Lucie avait téléphoné et obtenu un rendez-vous dès le lendemain. Elle était restée près de deux heures à discuter avec le directeur. Une semaine plus tard, elle avait reçu sa lettre d'admission et sa convocation pour aujourd'hui. Je me souviens encore de son agitation lorsqu'elle avait débarqué chez moi, son papier à la main.

Lucie – Je suis prise !!! Je suis prise !!! Tu te rends compte, Thelma, je vais pouvoir intégrer cette école, peindre, sculpter, coudre, sans que ça ne coûte rien à ma mère.

Oui, parce que, qualité supplémentaire, les ateliers dans ce centre allaient être totalement gratuits.

Thelma – Cool ! Et ça sera quand, ces cours ?
Lucie – Mercredi après-midi, samedi toute la journée et certains soirs si je veux.
Thelma – Bref, tout le temps où tu ne seras pas au lycée…
Lucie – C'est le but ! Tu ne peux t'inscrire au Repère 17 que si tu suis une formation générale ailleurs et…

Lucie avait marqué un temps d'arrêt et, me regardant fixement, elle m'avait demandé :

Lucie – C'est quoi le problème, Thelma ?
Thelma – Rien…

Ma meilleure amie avait insisté.

J'avais murmuré :

Même si Lucie a le chic pour couper court au débordement des émotions, cela ne l'empêche pas de vous rassurer après.

Lucie – Je trouverai toujours du temps pour toi. Alors, arrête de t'inquiéter, d'accord ?

Thelma – D'accord… Mais il n'empêche que tu seras très occupée.

Durant quelques secondes, elle avait semblé réfléchir puis elle m'avait proposé :

Lucie – Et si tu essayais de t'inscrire toi aussi au Repère 17?

Thelma – Comment? Et pour quoi faire? Je suis nulle pour tout ce qui est artistique.

Lucie – Tu n'es pas nulle, tu n'as jamais vraiment essayé.

Thelma – Tu veux que je te rappelle mes notes en arts plastiques au collège?

Lucie – Rien à voir...

Thelma – Tu préfères alors que je te raconte mon unique année de piano au conservatoire?

Lucie – Rien à voir non plus... Fais-moi confiance, essaie de t'inscrire... Tu verras, le lieu est incroyable! C'est une ancienne usine à bonbons désaffectée. Imagine un immense entrepôt avec des poutrelles métalliques et au-dessus des sortes de mezzanines avec des verrières. Tout a été repeint, mais il y a encore de vieux outils, des grands établis. C'est magique...

Comme elle cherchait absolument à me convaincre, Lucie avait ajouté ce dernier argument imparable.

Lucie – On suivra les mêmes ateliers et on sera toujours ensemble.

Ça, c'était un argument de choc!

J'avais téléphoné et obtenu un rendez-vous dès le lendemain pour l'entretien.

Avec Lucie, on avait passé le reste de l'après-midi à préparer un faux discours sur « mon amour du théâtre ». Il fallait bien que j'aie une spécialité artistique à justifier ! Dire qu'en classe je n'avais lu aucune des pièces de théâtre données par les profs et que j'avais toujours fait des copiés-collés des résumés de Wikipédia !!!

Mais là, à la fin de la journée, je vous jure que je pouvais réciter au moins six répliques d'*Antigone* et de *Phèdre*, mes nouvelles BFF…

* Phèdre, Racine
** Antigone, Anouilh

En réalité, le jour J, je n'avais pas eu l'occasion de me servir de ce subterfuge. Le regard bleu perçant du vieux Angelmann m'en avait dissuadée. J'avais eu la sensation que j'étais transparente et qu'il voyait à travers moi. Inutile de mentir... En revanche, pour des raisons que je ne comprends pas, je lui avais parlé de tas de choses dont je ne parle jamais.

Je lui avais raconté pour Maman et il avait écouté avec une attention particulière. Il n'avait posé aucune question sur Elle, il avait juste souri de temps en temps, m'encourageant du regard quand ma voix se cassait. Au bout d'une heure, il m'avait dit: « Inventer sa propre vie, lui proposer de nouveaux scénarios, imaginer des possibles, ne pas se laisser enfermer dans le chagrin quand on a perdu un être cher est aussi une démarche artistique. »

J'avais bafouillé quelques mots, ne comprenant pas vraiment les siens, et, quelques jours plus tard, alors que j'étais persuadée que c'était fichu, j'avais reçu ma lettre d'admission par la poste.

Vous saisissez pourquoi je n'en reviens toujours pas, aujourd'hui, d'attendre avec les autres l'ouverture officielle des portes du centre.

Esteban – En réalité, peu importent les raisons pour lesquelles il t'a choisie. L'important c'est que tu sois ici, maintenant, non ?!?

Thelma – Ouaip ! Et toi alors, c'est quoi ton truc ?

Esteban – J'aime écrire des chansons : paroles et musique…

Thelma – Tu me feras écouter ?

Esteban – Je n'ai jamais osé montrer à personne.

Thelma – Eh bien, c'est le moment !

Esteban a rougi et s'est dépêché de changer de sujet.

Esteban – Et l'amie avec laquelle tu es venue, qu'est-ce qu'elle aime faire ?

Thelma – Lucie ? Elle a tous les talents…

À son nom, ma meilleure amie s'est retournée.

Lucie – Qu'est-ce qu'il y a ?

Thelma – Rien, Esteban me demandait en quoi tu étais douée.

Lucie a souri à mon voisin.

Lucie – Surtout ne crois rien de ce qu'elle va te dire… Elle a tendance à en rajouter des tonnes.

Thelma – Pas du tout… Cette fille fait des merveilles avec ses mains.

Lucie – N'importe quoi !

Thelma – Ah oui, n'importe quoi ??? Esteban, que penses-tu de ses boucles d'oreilles et de son collier ?

Esteban, qui était plutôt réservé depuis le début de notre conversation, s'est enthousiasmé d'un coup. Il a prononcé d'une voix suraiguë :

Esteban – J'ai flashé dessus dès que vous êtes arrivées tout à l'heure. Lucie, c'est bien Lucie ton prénom ?

Lucie – Oui !

Esteban – Lucie, je ne sais pas comment tu as eu l'idée d'utiliser des composants électroniques pour fabriquer tes bijoux, mais c'est top. Tu vends tes créations quelque part ?

Lucie – Mais non !!! Ce sont juste des petits trucs bricolés pour m'amuser…

Esteban – Tu as tort, c'est beaucoup plus ! C'est très beau ! Vraiment très beau…

Après avoir prononcé ces compliments d'une seule traite et de façon assez efféminée, Esteban a semblé mal à l'aise, comme si cette agitation lui avait échappé. Il est devenu rouge ketchup.

Esteban – Enfin, c'est juste mon avis et…

Heureusement, Van Gogh, qui amorçait (mal) un nouveau virage, a fait tomber une pile de chaises en plastique rangées au fond de la cour pavée. Esteban en a profité pour arrêter de parler.

Le grand brun « government is watching you », aidé de ses deux voisins, est allé réparer les dégâts. On les a regardés s'activer.

Mais les trois garçons, après s'être précipités pour ramasser les chaises et les remettre en place, ont décidé de s'asseoir dessus. Mieux, ils nous ont invités à les rejoindre.

Les trois garçons – Venez ! Quitte à attendre, au moins qu'on soit assis.

J'ai demandé à Lucie qui ne bougeait pas :

Thelma – Tu viens ?
Lucie – Tu veux vraiment ?
Thelma – Allez, ne fais pas ta sauvageonne ! Je te rappelle que c'est toi qui m'as entraînée dans cette galère.

Lucie – O.K. ...

On a fini par les rejoindre. Nous nous sommes présentés à tour de rôle : **THELMA, LUCIE, LÉO, ROSE, SIXTINE, GASPARD, TOM, EMMA, LYES, PAUL, SARAH, NOUR, THÉA, ESTEBAN...**
Vingt-six prénoms ont été donnés en souriant, la cour a pris soudain des allures de café de bord de mer.

Josh, le type assez musclé avec des yeux bleu océan qui avait été à l'initiative du ramassage des chaises, a proposé d'aller acheter du Coca chez l'épicier en face. On lui a tous donné un euro et, avec un de ses copains, ils ont rapporté de quoi boire.
À leur retour, Josh nous a fait une démo de jonglage avec les canettes. Il était super agile. Les bulles du Coca aussi, quand on a décapsulé !
Il était près de 15 h 00 maintenant, le centre n'avait toujours pas ouvert ses portes, mais il régnait dans la cour pavée une ambiance hyper festive !

Léo *(le beau brun avec le Eastpack « government is watching you »)* – Si ça se trouve, cette histoire de centre d'art, c'est un mytho. Le vieux nous a fait passer des faux entretiens et il s'est barré.
Black Swan *(en fait, elle s'appelle Sixtine, non, vous ne rêvez pas, c'est bien le prénom de la demoiselle. Elle a expliqué que ses parents l'ont prénommée ainsi parce*

que sa mère a annoncé sa grossesse à son mari dans la chapelle Sixtine à Rome. Heureusement que c'était pas sur le plateau des Millevaches !!!) – Tu crois ?

Rachid – Ça serait cool, il aurait tout mythoné comme Di Caprio dans *Catch me if you can* quand il devient pilote, médecin, avocat, alors qu'il n'a pas un seul diplôme.

Rose – Ou alors, c'est un nouveau jeu pour TF1 ? Une télé-réalité d'un nouveau genre : les candidats ne savent pas qu'ils sont filmés…

À l'idée d'être sous les projecteurs, Sixtine a aussitôt cherché où pouvaient se cacher les caméras et s'est recoiffée discrètement avec la main. Son geste n'a pas échappé à Léo :

Léo – Regardez-la, elle ! Elle est prête pour Repère 17 Story, la nouvelle bouse de la télé-réalité ! L'émission qui va permettre d'abrutir le plus grand nombre de téléspectateurs.

On a tous éclaté de rire. J'ai chuchoté à Lucie :

Thelma – Mlle Narcissique vient de se prendre un vent !

Lucie – Ouais… En même temps, c'est l'hôpital qui se fout de la charité parce que M. Je-ne-me-laisse-pas-avoir-par-le-système adore lui aussi qu'on le regarde.

Thelma – Moi, je veux bien le regarder. *He's so sexy…*

Ma BFF s'est contentée de lever les yeux au ciel en marmonnant : « Il faut reconnaître qu'il est sexy et elle ne va pas résister longtemps. »

Dans la demi-heure qui a suivi, on a échafaudé d'autres théories à propos de la « non-ouverture » du Repère 17 : une expérience menée par Angelmann sur les ados pour une recherche médicale, une caméra cachée pour fêter l'anniversaire de l'un d'entre nous…

J'étais en train d'exposer ma théorie « mettre des ados en situation extrême pour voir lesquels vont appartenir à la "faction des Audacieux" » quand les grandes portes vertes se sont ouvertes.

Le directeur est apparu.

Grand, ultra-mince, crâne lisse façon M. Propre, yeux clairs perçants, il portait, comme le jour de mon entretien, un pantalon et un tee-shirt noirs. Il nous a souri. On est restés figés, surpris de le voir soudain dans la cour.

M. Angelmann – Bienvenue à tous au Repère 17.

Comme nous nous levions pour le saluer, gênés d'être assis là, boisson à la main, il nous a dit :

M. Angelmann – Je vous en prie, restez assis ! Je suis heureux de vous voir prendre possession de ce lieu avec tant de bonheur. Et si certains veulent bien m'aider à les apporter, il y a des corbeilles de fruits pour vous.

Josh, toujours serviable, s'est levé en premier, suivi de Rose et de Rachid. Ils sont revenus cinq minutes plus tard avec des corbeilles de fraises et de framboises. M. Angelmann a proposé de disposer cinq petites tables rondes en métal vert dans la cour (avec les parasols assortis), de manière à ce que tout le monde puisse s'installer et se servir tranquillement.

Si, dans un premier temps, personne n'a osé manger, nous n'avons pas résisté longtemps à l'appel de la fraise bien mûre et bien sucrée.

Mélissa – Elles sont trop bonnes !

M. Angelmann – Eh oui, les fruits de Marianne sont toujours délicieux…

Josh a demandé :

Josh – Qui est Marianne ?

M. Angelmann – Une maraîchère qui cultive des fruits et des légumes à quelques kilomètres d'ici. Une femme étonnante que vous aurez l'occasion de rencontrer ici le dimanche à partir de la semaine prochaine.

Léo – Euh… les légumes, très peu pour moi… À part les frites, je n'en mange aucun !

Le directeur a souri avec bienveillance…

M. Angelmann – Les frites, c'est un bon début ! Goûtez les framboises, c'est un régal.

On ne s'est pas fait prier…

Tandis que nous nous racontions en riant nos habitudes alimentaires (plus proches de « hamburgers/pizzas/fraises Tagada » que de « poissons vapeur/brocolis/pommes bouillies »), M. Angelmann est reparti, non sans nous avoir conseillé auparavant de profiter de ce joli moment de soleil.

À ceux qui le regardaient, un peu étonnés, il a dit très simplement :

M. Angelmann – Je reviens…

Et il a disparu comme il était arrivé.

Son départ a évidemment provoqué des réactions variées. Je vous les donne en vrac parce que c'est parti dans tous les sens.

Le beau Léo, qui était assis à ma gauche (plus exactement, je m'étais arrangée pour être assise à sa droite, abandonnant Lucie sans état d'âme... Oui, je sais, c'est pas terrible, mais que voulez-vous?), m'a demandé:

Léo – Tu sais, toi, quand on va s'inscrire pour l'atelier choisi?

Mon cœur a battu à douze milliards pulsations-minute puis a semblé s'arrêter un petit moment. Le regard velours de mon voisin a brouillé mes neurones, j'ai bredouillé:

Thelma – Oui... Enfin non... C'est, je...

Alors que je buggais lamentablement, Van Gogh, qui voulait attraper une balle qu'on lui avait lancée, n'a pas évalué les obstacles sur son passage et m'a foncé dedans. Le choc m'a permis de «débugger» et de répondre normalement:

Thelma – Pas du tout...

Fière de moi d'avoir prononcé trois mots sans bégaiement, je me suis enhardie.

Thelma – Alors toi, ton truc c'est le dessin?
Léo – Comment tu le sais?

J'ai improvisé :

Thelma – Je ne sais pas… Une intuition !
Léo – Ah ouais… Tu t'appelles comment ?
Thelma – Fleurot Thelma.

Léo – Eh bien, Fleurot Thelma, tu as eu une super intuition !

Le fait qu'il m'appelle avec ironie « Fleurot Thelma » a transformé mon smiley dents blanches ☺ en smiley catastrophé ☹.

Léo a continué sans être le moins du monde conscient de mon trouble.

Léo – En fait, j'adore taguer… Je me balade avec bombes et pochoirs, et je tague partout où je peux.

Thelma – Mais c'est pas interdit ?

En fait, Sixtine a trouvé beaucoup mieux que du double face. Déplaçant sa chaise de manière à se mettre entre Léo et moi, elle a prononcé avec assurance :

Sixtine – Mais on se moque totalement que ce soit interdit, l'art n'a pas de frontière… C'est *no limit*, tu ne crois pas ???

J'ai bredouillé un lamentable :

Thelma – Chbiengchûr…

Ce borborygme prononcé avec la voix de Dark Vador (ne me demandez pas pourquoi ma voix avait mué d'un coup, je ne sais pas…) m'a définitivement classée dans la catégorie pauvre fille. La peste a continué en ne s'adressant dorénavant qu'à Léo :

Sixtine – Moi, j'adore le street art sous toutes ses formes : graffitis, réclames, pochoirs, mosaïques, stickers, *yarn bombing*…

Elle a avalé Wikipédia ou quoi ???

Léo – Pas mal… Tu as l'air de t'y connaître !
Sixtine – C'est parce que j'adoooooore littéralement tout ce qui est art urbain…

J'aurais bien aimé dire quelque chose d'intelligent pour ne pas disparaître du paysage, mais je ne savais rien sur le sujet. Sixtine a continué à pérorer et Léo, passionné par ce qu'elle racontait, a complètement oublié ma présence.

Je jouais le rôle de la potiche depuis un bon moment quand Lucie est venue s'asseoir près de moi. Elle m'a tendu discrètement son portable, me montrant du doigt un texte sur l'écran.

Mais pourquoi elle me donne un truc à lire maintenant ? Elle trouve que c'est le moment ?

J'ai regardé :

https://www.lecyclop.fr

LE CYCLOP

22,50 mètres de haut, 350 tonnes d'acier! L'immense Tête sans corps, étincelante de miroirs, avec un œil unique, une bouche d'où ruisselle de l'eau sur une langue toboggan, une oreille qui pèse une tonne, abrite en son centre un univers surprenant où le spectateur est invité à suivre un parcours labyrinthique pour découvrir des œuvres variées et complémentaires, des sculptures sonores, un petit théâtre automatique et, à l'emplacement du cerveau, une machinerie formidable aux engrenages de ferraille aussi fascinants qu'hétéroclites.
La Tête est avant tout le fruit d'une aventure collective, tissée de liens d'amitié, une utopie réalisée au cours de nombreuses années par « une équipe de sculpteurs fous » réunie autour de la personnalité de Jean Tinguely.
Le CyKlop, « street artiste », est connu pour ses illustrations sur le mobilier urbain qui colorent la ville et lui apportent une touche de poésie.

Je m'apprêtais à lui demander en quoi la vie d'un pauvre cyclope en métal rouillé était censée m'intéresser à un moment crucial de ma vie, lorsque j'ai remarqué que Lucie fixait avec insistance le sac de Léo.

J'ai mis un quart de seconde avant de comprendre le plan de Lucie… Mais quel génie cette fille !

Alors que les grandes portes du Repère 17 s'ouvraient, j'ai su avec certitude ce que j'allais faire dans les prochaines heures :

To do list

- ☐ *M'inscrire à l'atelier peinture pour les douze mois à venir (et plus si affinités).*
- ☐ *Récupérer un minimum de crédibilité auprès de Léo (et plus si affinités).*
- ☐ *Évincer définitivement Black Swan (et plus si possibilité !!!).*

Comme je souriais à ma meilleure amie, elle m'a chuchoté :

Lucie – À toi de jouer, ma Thelma. La chasse est ouverte, aucune pitié pour les cygnes !

J'ai mémorisé à la vitesse de la lumière les informations principales du portable et, après avoir respiré un grand coup, j'ai demandé avec l'air de la fille sûre d'elle :

Thelma – Dis-moi, Léo, l'œil de cyclope sur ton sac, c'est bien un hommage à Tinguely et à son équipe de sculpteurs fous ??? Je trouve ça génial, moi, tous ceux qui taguent des yeux de cyclopes pour continuer l'aventure.

Épisode 2

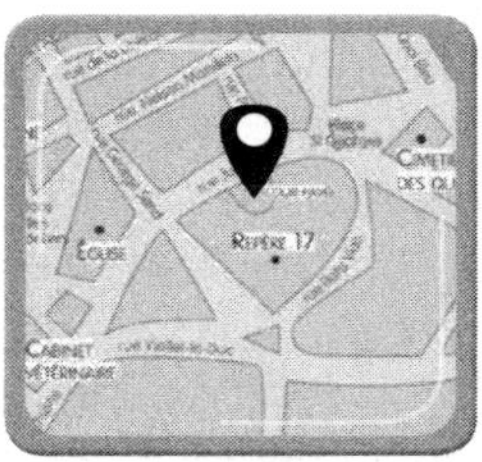

Thelma – Tu m'attends devant l'escalier quand tu sors de ton atelier ?

Lucie – Si tu veux… Mais le plus simple c'est de s'attendre à la cafèt' puisqu'on doit retrouver Angelmann là-bas à 17 h 00, non ?

Thelma – O.K. …

J'ai laissé passer quelques secondes et j'ai ajouté pour la douzième fois de la journée :

Thelma – Tu crois qu'on va être ensemble dans le groupe de création ?

Lucie – Ah non, Thelma ! Recommence pas…

Thelma – Mais on fera comment si on est séparées ???

Lucie – Je te l'ai déjà dit : on ne fera rien !

Thelma – Oui, mais déjà qu'on n'est pas dans le même atelier, c'est nul si on n'est pas dans le même groupe.

Lucie a souri.

Lucie – Dois-je te rappeler pourquoi tu as opté pour l'atelier BD alors que tu pouvais très bien t'inscrire à l'atelier sculpture avec moi ?

J'ai soupiré.

Thelma – Non… C'est inutile ! Crois-moi, ça a déjà été un choix assez long et douloureux.

Lucie – Ah oui ?!? Si ma mémoire est bonne, cet horrible choix t'a pris à peu près vingt secondes. Et encore, c'est parce que tu cherchais un stylo dans ton sac pour écrire ton prénom sur la liste… Sinon, je pense que tu aurais mis encore moins de temps !

J'ai regardé Lucie avec mon air irrésistible de chaton perdu. Ça marche à tous les coups !

Thelma – Tu m'en veux ?

Elle a éclaté de rire.

Lucie – Non, mais assume ton choix !

Thelma – J'assume, mais je voudrais qu'on soit ensemble dans le groupe… Je suis certaine que si tu vas voir Angelmann, tu sauras très bien lui suggérer que…

Lucie – Non, Thelma, je n'irai pas… Tu te souviens de ce qu'il a dit, samedi après-midi ?

Oui, je me souvenais très bien et, au fond de moi, je savais que, cette fois-ci, Lucie (malgré son talent hors compète de persuasion) et moi (malgré ma capacité à répéter un truc en boucle quand je le veux), nous n'y pourrions rien…

Je vous raconte pour que vous puissiez évaluer un peu la situation…

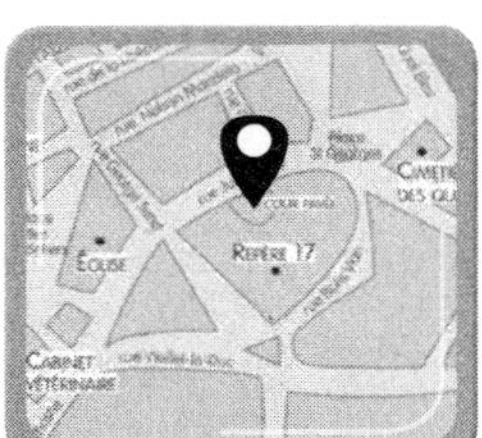

Samedi vers 16 h 00 (après nos deux heures à discuter en mangeant des fraises et des framboises sous les parasols bariolés de la cour pavée), M. Angelmann avait fini par nous inviter à entrer dans le bâtiment.

Van Gogh, fou de joie, s'était précipité le premier. Il avait sauté partout et rebondi comme s'il était monté sur ressorts. Son maître avait bien tenté de le calmer, mais il n'y avait rien eu à faire… Il avait fini par renoncer, laissant l'animal bondir dans tous les sens, tandis qu'il s'adressait à nous :

M. Angelmann – Entrez, je vous en prie… Ce lieu est le vôtre ! Maintenant que vous vous connaissez tous, il va être plus facile de vous expliquer le fonctionnement du Repère 17.

Lucie m'avait chuchoté :

Angelmann avait poursuivi :

M. Angelmann – Lorsque vous êtes venus la première fois, pour l'entretien, vous n'avez pas eu l'occasion de vraiment visiter cet endroit. Je vous propose de le faire maintenant.

Nous l'avions suivi. Je m'étais évidemment arrangée pour être à côté de Léo qui, depuis ma remarque sur le Cyclop, semblait plus intéressé par ma personne. Évidemment, Sixtine avait rappliqué à la vitesse de la lumière, cherchant comment récupérer l'attention exclusive de MON prince. Mais j'étais là, bien décidée à l'empêcher d'approcher.

La guerre la plus silencieuse, mais certainement la plus meurtrière de l'histoire des filles jalouses, venait d'être déclarée !

Le Repère 17 était vraiment un endroit incroyable dont le directeur nous avait conté l'histoire : ancienne usine à bonbons prospère depuis sa construction à la fin du XIXe siècle et ce jusque dans les années 1960, le bâtiment était resté vide après la cessation de son activité. D'abord squatté, puis muré, le lieu avait connu une longue période de déshérence…

Des spéculateurs avaient bien tenté à plusieurs reprises de l'acheter afin de le raser et de construire à la place deux immeubles de prestige, mais la mairie avait bloqué le projet sous la pression des gens du quartier. Le Repère 17 était une construction Eiffel qui bénéficiait de la protection des Monuments historiques et avait donc, grâce à cela, échappé à la destruction.

C'est là qu'était intervenu M. Angelmann. Il avait proposé de racheter le lieu avec la promesse de le restaurer et d'en faire un endroit dédié à la jeunesse et à la culture. Banco ! On le lui avait vendu…

Il avait alors embauché des ouvriers et avait exécuté, AVEC eux, les travaux indispensables. Bien sûr, il restait encore beaucoup à accomplir, mais l'endroit était assez propre et sécurisé pour commencer l'aventure.

M. Angelmann – Au rez-de-chaussée, nous avons gardé l'espace tel qu'il était. Cela permettra d'organiser des expos, des spectacles, tout ce qui mettra l'art à l'honneur.

Sixtine – Je vois bien un super défilé de mode !

J'avais laissé passer un quart de seconde et j'avais ajouté :

Thelma – Pour ma part, je vois plutôt des tags sur les murs blancs.

Léo m'avait souri…

Léo – Cool, un mur de tags, Thelma…

GUERRE DES FILLES JALOUSES

Sixtine : 0 point
Thelma : 1 point

Nour, une très jolie brune, avait demandé :

Nour – Et le coin bar, là-bas, avec les jolies tables en bois et les gros fauteuils clubs, c'est une partie privative ?

M. Angelmann – Non… Ici, TOUT est à tout le monde !

Nour – Top !!! On pourra boire un verre après les ateliers, alors ?

Angelmann avait souri.

M. Angelmann – Absolument… Encore faudra-t-il que vous ayez mis de quoi boire dans les frigos.

Léo – Pas de problème, je sais où trouver de la bière pas cher…

M. Angelmann – Merci Léo, mais il y a une règle incontournable au Repère 17 : pas d'alcool, pas de tabac, pas de drogue.

Je ne saurais vous décrire précisément l'air avec lequel M. Angelmann avait prononcé cette dernière phrase.

Peut-être pensez-vous qu'il avait adopté l'air du CPE qui cherche à dissuader des ados de transgresser la loi. Eh bien, pas du tout… Il l'avait prononcée avec sa bienveillance habituelle, et sa douceur avait été mille fois plus efficace que des sourcils froncés et un regard noir.

Il avait continué :

M. Angelmann – Et pour que chacun puisse toujours boire dans un endroit propre et accueillant, il faudra organiser des tours de nettoyage. J'ai préparé des plannings vierges sur lesquels j'ai inscrit mon nom pour cette semaine mais après, ce sera à vous de jouer !

Emma, une fille plutôt réservée, avait proposé :

Emma – Ça serait sympa d'acheter des petits trucs à manger, aussi…

M. Angelmann – Bonne idée ! À ce propos, je vais prêter la petite salle donnant sur la cour pavée à une association de séniors qui jouent au bridge parmi lesquels se trouve un ancien pâtissier. Il a proposé de confectionner chaque jour des gâteaux différents. Pour mercredi, il nous fera des tartes aux fraises.

À vos fourneaux !

LA RECETTE D'UNE TARTE AUX FRAISES

Ingrédients (pour 6 personnes) :

Pour la pâte sablée :
- 250 g de farine
- 125 g de beurre
- 70 g de sucre
- 2 jaunes d'œufs
- 5 cl d'eau
- 1 pincée de sel

Pour la crème pâtissière :
- 25 cl de lait
- 1 œuf
- 30 g de farine
- 40 g de sucre
- 1 sachet de sucre vanillé

Préparation de la recette :

Pâte :

Dans un grand bol, blanchir les jaunes et le sucre au fouet et détendre le mélange avec un peu d'eau.

Dans un saladier, mélanger au doigt la farine et le beurre coupé en petits morceaux pour obtenir une consistance sableuse et que tout le beurre soit absorbé (il faut faire vite pour que le mélange ne ramollisse pas trop !).

Verser le mélange sucre-jaunes au milieu de ce « sable ».

Incorporer le tout rapidement au couteau, sans donner de corps à la pâte ainsi obtenue.

Former une boule avec les paumes et fraiser une ou deux fois pour rendre la boule plus homogène.

Foncer un moule de 25 cm de diamètre avec la pâte, la recouvrir de papier sulfurisé et de haricots secs.

Faire cuire à blanc pendant 20 à 25 minutes, à 180 °C (thermostat 6).

Crème pâtissière :

Mettre le lait à bouillir avec le parfum choisi (vanille ou autre).

Travailler l'œuf avec le sucre jusqu'à ce que la pâte fasse le ruban, ajouter la farine.

Verser le lait bouillant sur le mélange en tournant bien.

Remettre dans la casserole sur le feu.

Faire cuire en tournant très soigneusement.

Retirer après ébullition.

Verser la crème sur le fond de tarte et disposer joliment les fraises coupées en deux.

Josh – Vous faites du troc, alors ? C'est la salle contre des gâteaux ?

M. Angelmann – Pas tout à fait, Josh... Ce n'est pas un échange, comme dans le troc, mais plutôt un équilibre. Je prends quelque chose qui appartient au groupe et je donne quelque chose au groupe en retour.

Josh – Comme ça, alors ?

Josh, sortant les trois balles de mousse noire qu'il avait dans sa poche, s'était mis à jongler, symbolisant par là la belle notion d'équilibre dont venait de parler le directeur. On a applaudi.

M. Angelmann – Bravo, Josh ! Mais les séniors ne seront pas les seuls à prendre et à donner, d'ailleurs.

Josh – Ah oui ? Qui encore ?

M. Angelmann – Les artistes avec lesquels vous travaillerez.

On l'avait tous regardé, étonnés... Esteban avait demandé :

Esteban – Comment ça ?

M. Angelmann – À l'étage au-dessus, il y a des salles dans lesquelles les artistes pourront peindre, écrire, sculpter, jouer... seuls ou à plusieurs... Ce lieu sera à leur disposition durant quelques mois.

Esteban – Et eux, qu'est-ce qu'ils donneront au Repère 17 ?

M. Angelmann – Eux? Ils vous formeront à toutes les techniques de leur art.

Alors qu'on échangeait tous sur cette façon originale de vivre les rapports humains, Lucie était restée songeuse. Son silence n'avait pas échappé à M. Angelmann.

M. Angelmann – Un problème, Lucie ?
Lucie – Non...
M. Angelmann – Une question, alors ?
Lucie – Non... Enfin, si...
M. Angelmann – Je vous écoute.

Lucie avait pris une longue inspiration avant de parler.

Lucie – Je me demandais ce que nous, à notre tour, nous allions bien pouvoir donner au Repère 17.

Angelmann avait souri.

M. Angelmann – C'est une question intéressante qui mérite réflexion. Que pourriez-vous proposer ?

Les remarques avaient fusé dans tous les sens.

Angelmann avait vite réorienté le débat.

M. Angelmann – Vous n'êtes pas obligés de trouver une réponse aujourd'hui, mais il faudra me présenter une action bénévole que vous souhaitez mener d'ici la fin du trimestre.

Sur cette réplique, le maître des lieux nous avait invités à monter à l'étage afin de visiter les salles dans lesquelles les artistes nous donneraient bientôt cours. Le soleil tapait fort et il faisait une chaleur étouffante sous les verrières.

Sixtine, qui cherchait toujours comment attirer l'attention de Léo, avait lâché un « oh, j'ai trop chaud » en laissant glisser la bretelle de son débardeur sur l'épaule droite. Elle avait attendu que Léo regarde, puis l'avait remontée d'un air faussement gêné.

GUERRE DES FILLES JALOUSES

Sixtine : 10 points

Thelma : 0 point*

*** Mais franchement, c'est dix points gagnés de façon minable.**

Le plan de la bretelle qui tombe et qu'on remonte, ça marche à tous les coups avec les garçons ! Ce qui est dingue, c'est que si tu portes un bustier, ils ne te regardent pas, mais si tu es en débardeur et que la bretelle glisse, alors là, ils se dévissent tous les cervicales pour voir ! Je ne comprends pas...

Cette fille-là,

c'est pas une fille, c'est un briquet... Elle allume tout ce qui bouge !!!

Connaissez-vous dans votre entourage une fille qui a un besoin compulsif de séduire tous les garçons qui s'approchent à moins d'un milliard de kilomètres de son décolleté ? Une fille qui, évidemment, préfère les garçons déjà pris parce qu'ils sont l'occasion pour elle de prouver qu'elle est la plus sexy du royaume ?
Oui, vous en connaissez une ? Nous aussi... Elle est THE rivale qui ne recule devant rien pour séduire notre lover sous nos yeux. Elle incarne la règle du «rien pour toi et tous pour moi» !

Alors bien sûr, nous la détestons ! Nous serions toutes prêtes à l'étrangler avec la bretelle de son Wonderbra à coussinets ultra-rembourrés !!! Mais avant de la lapider sur la place publique en lui lançant ses flacons de vernis et ses bouteilles de parfum, posons-nous les bonnes questions...

Pourquoi cette fille éprouve-t-elle tant le besoin d'attirer les regards à coups de décolleté plongeant et de slim super slim ? Douterait-elle de son pouvoir de séduction ? Aurait-elle peur que personne ne la voie sans tous ces artifices ? Penserait-elle qu'elle ne vaut pas le coup ?

En bref : cette fille qui nous agace tant, ne serait-elle pas à plaindre ?

Dans le cas présent, Léo n'avait pas eu le temps de beaucoup « dévisser » parce qu'Angelmann avait directement embrayé sur les inscriptions aux ateliers.

La règle était simple : on choisissait l'atelier de notre choix pour une durée d'un mois. On pouvait reconduire notre inscription autant de fois qu'on le voulait, mais si jamais on désirait essayer autre chose, on en avait la possibilité dès le mois suivant.

Nous avions donc inscrit nos noms sur les feuilles vierges affichées sur le mur. Sixtine, après un court moment d'hésitation, avait opté pour l'atelier impro, Léo et moi, pour l'atelier BD.

GUERRE DES FILLES JALOUSES

Sixtine : 0 point

Thelma : 100 points

Qui va être tout le temps avec son prince charmant ? C'est moi !!!

Qui a été obligée de s'inscrire dans son pauvre atelier impro parce qu'elle avait annoncé haut et fort qu'elle voulait devenir comédienne ??? Je vous laisse deviner…

Si je réactualise les calculs :

GUERRE DES FILLES JALOUSES

Sixtine : 10 pauvres petits points

Thelma : 101 points de winneuse

Josh, qui avait choisi l'atelier des arts du cirque, avait demandé :

Josh – Y aura-t-il un examen en fin d'année ?

Comment casser l'ambiance en une toute petite question… Nous avions attendu la réponse dans un silence de mort.

M. Angelmann – Non…

Applaudissements. Nous avions déjà l'école pour ce genre de réjouissances ! Angelmann nous avait laissés nous réjouir un court moment, puis il avait ajouté :

M. Angelmann – En revanche, vous devrez présenter une création artistique de groupe chaque trimestre.

Léo – C'est quoi ça, « une création artistique de groupe » ?

M. Angelmann – En dehors de votre heure trente d'atelier, vous devrez préparer une œuvre artistique collective. Vous devrez décider ensemble de son thème, de sa forme, de sa durée et ensuite travailler pour la concrétiser.

Je vous laisse imaginer l'agitation qui s'était emparée de nous à cette annonce ! Les questions étaient allées bon train sur la nature de cette « épreuve ».

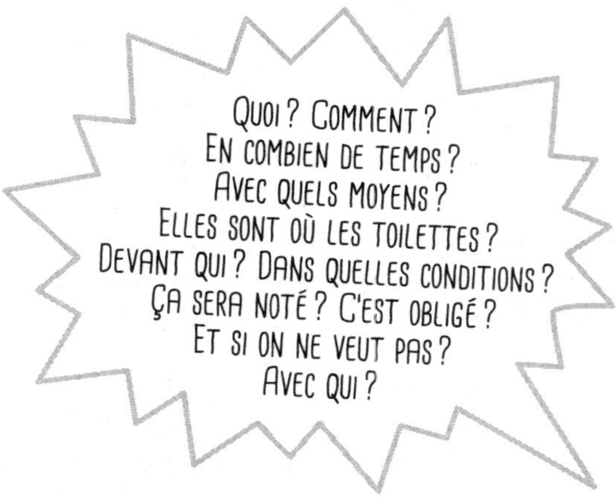

Là encore, M. Angelmann avait laissé les esprits s'échauffer et seulement après, il était intervenu de façon très factuelle.

M. Angelmann – Je reprends vos questions dans l'ordre… Alors, à la question **« quoi ? »** La création artistique prendra la forme que vous souhaitez : exposition, installation, spectacle, performance, miniconcert… Vous exposerez en même temps que les artistes du lieu. Ce sera un week-end portes ouvertes.

« Comment ? » : il serait intéressant d'utiliser des techniques apprises dans les différents ateliers, mais ce n'est pas obligatoire. Vous êtes libre de travailler comme vous le souhaitez.

« En combien de temps ? » : trois mois…

« Avec quels moyens ? » : vous me remettrez une liste des fournitures dont vous avez besoin, tout en sachant que vous aurez un budget à ne pas dépasser.

« Où sont les toilettes ? » : vous en avez en bas, tout de suite en entrant et à l'étage, près de la salle verte.

« Devant qui ? » : devant tous les habitants du Repère 17.

« Ça sera noté ? » : non… On n'est pas à l'école !!!

« C'est obligé ? » oui… C'est une des conditions pour rester au Repère 17.

« Avec qui ? » : vous saurez dès samedi avec qui vous travaillerez.

Installation :

Occupation temporaire
ou définitive d'un espace donné
(intérieur ou extérieur)
par des productions
artistiques contemporaines.
Cela permet un rapport
nouveau avec le public.

Performance :

L'art performance est un mode
d'expression artistique contemporain
dans lequel l'œuvre est
le déroulement d'une mise en scène,
d'un ensemble de gestes,
d'actes, d'attitudes, d'événements,
comportant une part d'improvisation,
tout cela face à un public
qui peut intervenir.

Lucie avait commenté avec ironie :

Lucie – Ça, c'est de la règle… Presque pire qu'au lycée !

Angelmann n'avait pas pris ombrage de la remarque, bien au contraire.

M. Angelmann – Il n'y a pas de liberté sans règles, ça peut paraître paradoxal, mais c'est vrai…

Toujours angoissée par le fait de ne pas être dans le même groupe que Lucie, j'avais quand même tenté :

Thelma – Et on pourrait vous soumettre une liste de gens avec lesquels on aimerait éventuellement travailler ?

Sans se départir de sa douceur, Angelmann m'avait répondu en me regardant de ses grands yeux clairs :

Inutile de vous dire que je n'avais pas insisté. Mais ça, c'était samedi…

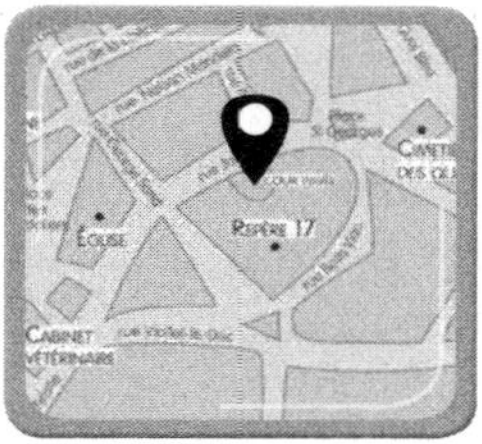

Aujourd'hui, après trois jours d'attente et alors que nous nous apprêtions à entrer au Repère 17, je tentais d'inventer encore n'importe quel stratagème pour forcer le destin et me retrouver dans le groupe de Lucie.

Thelma – Ah, mais je sais qui pourrait le convaincre !!!! Un être, un seul en est capable…

Lucie, qui était excédée par mes idées folles depuis samedi, m'a quand même demandé :

Lucie – Ah oui… Qui ?
Thelma – Van Gogh. Je suis certaine que pour un os, il acceptera de se compromettre et de glisser un mot à son maître !

Lucie a éclaté de rire.

Lucie – N'importe quoi !!!

Puis, regardant par-dessus mon épaule, elle m'a chuchoté d'un petit air ironique :

Lucie – 22, voilà ton cyclope !

Mon cœur a fait des bonds plus hauts que ceux de Van Gogh quand on lui lance une balle. Je me suis retournée en essayant de prendre l'air de la fille ultra-cool.

Seulement voilà, Léo n'était pas seul. La « glu » (nouveau surnom donné à Sixtine depuis samedi après-midi) le collait à mort en gloussant. J'aurais peut-être pu supporter sa présence près de lui si elle n'avait pas été vêtue, en plus, d'un slim ultra-slim et d'un cache-cœur blanc qui laissait apparaître un adorable grain de beauté sur son décolleté.

Thelma (qui a mis trois heures ce matin à choisir une tenue pour séduire Léo et qui, malgré ses rondeurs, se croyait ultra-sexy avec sa petite robe kimono, mais qui a la sensation maintenant de ressembler à une poupée ridicule) :

0 point

Sixtine (qui est à tomber par terre avec trois fois rien, la garce !!!) : **1 000 points**

Quelques vérités sur les filles

Vérité 1 :

une fille qui avale un cheeseburger, des frites, un moelleux au chocolat, mais qui exige un soda light n'est pas une fille en pleine contradiction, c'est juste une fille comme les autres.

Vérité 2 :

une fille qui porte en été des bottes fourrées mouton et enduites de graisse de phoque que seuls les Inuits portent en période de grand froid n'est pas une frileuse pathologique, c'est juste une fille comme les autres.

Vérité 3 :

une fille qui a mis à sac son armoire et transformé sa chambre en endroit postapocalyptique parce qu'elle cherche LA tenue idéale pour une soirée n'est pas une foldingue superficielle, c'est juste une fille comme les autres.

Sixtine – Hello les girls !

Ma meilleure amie m'a murmuré les dents serrées, certainement pour que la glu ne puisse pas lire sur ses lèvres :

Lucie – Essaie de sourire un minimum, Thelma.
Thelma – Je ne peux pas… Je la hais…
Lucie – Tu as le droit, mais c'est trop visible. Pense à quelque chose qui te détend.

Je marche sur la plage, c'est l'été, il fait chaud, un petit vent agréable soulève mes cheveux. Des vaguelettes viennent lécher mes orteils. Les mouettes au loin crient leur joie aux bateaux chargés de poissons. J'inspire, j'expire lentement… La vie est belle. Quelqu'un arrive à ma rencontre. J'ai le soleil dans les yeux, je ne vois rien, mais je sens que le destin me sourit. Cette rencontre va bouleverser ma vie. L'inconnu s'approche lentement et soudain… Je la reconnais…

C'EST SIXTINE DANS
UN MAILLOT DEUX PIÈCES
QUI EST PIRE
QU'UN MAILLOT ZÉRO PIÈCE !!

– Ça va, Thelma ?

En un clin d'œil, la plage, les mouettes et le soleil ont disparu et je me suis retrouvée de nouveau dans l'entrée du Repère 17, face à un Léo qui me regardait bizarrement.

Léo – Il y a un problème ?

Oui... Un problème qui mesure 1 mètre 60 et pèse 45 kg, un problème qui a des cheveux blonds et des yeux bleu océan, un problème qui a un corps zéro défaut, un problème que je découperais bien façon carpaccio...

Thelma – Non, aucun problème... Pourquoi ???
Léo – Pour rien... Alors, prêtes pour vos ateliers ?
Lucie – Yes !
Léo – Tu t'es inscrite auquel, Lucie ?
Lucie – En sculpture.
Léo – Cool... T'en as déjà fait ?
Lucie – Un peu...

Sixtine, qui n'avait pas été le centre d'intérêt depuis au moins six secondes, s'est sentie obligée d'intervenir :

Sixtine – Je me souviens d'une fois, j'avais suivi mon père en tournée aux States et...

Elle n'avait pas fini sa phrase qu'un terrible coup de frein avec crissement de pneus s'est fait entendre dans la rue, suivi immédiatement d'un bruit sourd. On est tous restés tétanisés, incapables de bouger ou de prononcer un seul mot.

Alors qu'on se regardait, angoissés, un long gémissement est parvenu à nos oreilles.

Léo – Quelqu'un s'est fait renverser !

Le temps qu'on réagisse, on a entendu la voiture redémarrer en toute hâte. On s'est tous mis à courir au même moment jusqu'à la rue et c'est là que je l'ai vu.

Thelma – C'est Van Gogh…
Sixtine – Il est mort ?

Seule Lucie s'est approchée pour vérifier. Elle a souri.

Lucie – Non, ça va, il remue la queue, mais il est quand même blessé à la patte. La voiture a dû le faucher juste au moment où il remontait sur le trottoir.
Sixtine – Je vais prévenir Angelmann…

Tandis que Sixtine fonçait chercher le maître, Lucie a sorti son écharpe en lin de son sac pour maintenir la patte de Van Gogh et éviter qu'il lèche trop sa plaie. L'animal a couiné comme les girafes en plastique des bébés. Je lui ai caressé la tête.

Thelma – Ça va aller, Van Gogh, t'inquiète... On est là, on va s'occuper de toi et je te promets que tu vas très vite être remis sur pattes.

Van Gogh a gémi en me regardant avec amour, de ses grands yeux caramel. Sixtine est revenue très ennuyée.

Sixtine – Angelmann n'est ni dans son bureau ni dans les ateliers. Personne ne sait où il est.

Ma meilleure amie, qui a l'habitude de gérer n'importe quelle situation avec sang-froid, nous a assigné une tâche à chacun :

Lucie – Sixtine, tu vas laisser un mot sur le bureau d'Angelmann avec ton numéro de portable. Thelma, va chercher dans la cour la vieille couverture qui protège les tables. Léo, tu m'aides à soulever tout doucement Van Gogh, il faut qu'on le bouge du milieu de la rue.

Alors que je partais exécuter les ordres de Lucie, je l'ai entendue demander à Léo :

Lucie – Léo, tu m'as entendue ? Léo, ça va ?

Je me suis retournée. Léo, blême, n'arrivait pas à prononcer un seul mot.

Heureusement, Josh, qui arrivait tout juste au Repère 17, s'est précipité pour aider Lucie.

Josh – Qu'est-ce qui s'est passé ?

Lucie – Un chauffard l'a renversé et a pris la fuite.

Josh – Houla ! Est-ce que M. Angelmann a été prévenu ?

Lucie – On n'arrive pas à le trouver.

Josh – Il faut vite l'emmener chez le véto, lui. Je crois qu'il y en a un vers l'église, mais je ne sais pas exactement où…

Lucie, qui me voyait plantée sur le trottoir, m'a crié :

Lucie – Qu'est-ce que tu fais, Thelma ??? Dépêche-toi, va chercher la couverture.

Thelma – J'y vais…

En réalité, même si je voulais aller chercher cette maudite couverture, je ne pouvais détacher mon regard de Léo. Il avait perdu toute sa superbe. Finie, la posture du rebelle qui remet en question le monde. Il était là, près de Van Gogh, assez perdu. Je n'ai eu qu'une envie : le prendre dans mes bras.

J'ai quand même filé dans la cour, d'où j'ai mis un petit moment à rapporter ce qu'on m'avait demandé.

À mon retour, mon prince avait retrouvé des couleurs et debout, les bras levés, il bloquait la circulation de la rue pour éviter tout nouvel incident. Je ne sais pas pourquoi, alors qu'il était très affairé, il a soudain tourné son regard vers moi et m'a souri. Mon cœur a fait bang bang.

J'ai vite rejoint les autres.

Lucie a plié la couverture en deux et a demandé à Josh de soulever Van Gogh très précautionneusement tandis que nous glisserions la couverture sous lui. L'opération ne s'est pas faite sans des gémissements déchirants de notre petite mascotte (je n'en suis pas certaine, mais j'ai eu la sensation que Van Gogh jouait un peu la comédie. Ça existe les chiens comédiens ???).

Lucie – Parfait ! Maintenant, on soulève la couverture aux quatre coins en même temps. Je compte jusqu'à trois et on soulève : 1… 2…

À trois, Van Gogh s'est retrouvé comme sur un tapis volant, à un mètre du sol.

Lucie – O.K.... Top départ, on marche jusque chez le véto !

Nous avons avancé à pas réguliers en direction de l'église près de laquelle nous espérions trouver le fameux cabinet de vétérinaire. Alors que nous arrivions au bout de la rue Jules-Ferry, nous avons croisé Esteban. Dire qu'il a été surpris par notre drôle d'équipée est un euphémisme. Il a regardé à deux fois Van Gogh trônant sur sa couverture de pacha avec une jolie écharpe bleue façon paquet cadeau autour de la patte, avant d'arriver à prononcer :

Esteban – Que lui est-il arrivé ???

Thelma – Il s'est fait renverser par un chauffard.

Esteban – C'est grave ?

Lucie – Ça n'a pas l'air !

Esteban – Et vous allez où comme ça ?

Lucie – Chez le véto. Enfin, si on arrive à en trouver un...

Esteban – Je peux venir avec vous ?

Thelma – Ben oui...

Esteban a marché à nos côtés en caressant la tête de notre petit maharadja poilu qui continuait de gémir d'un air catastrophé.

Et de manière très inattendue, il s'est mis à chanter une vieille complainte d'une voix extrêmement chaude et sereine.

Van Gogh s'est aussitôt arrêté de couiner, comme apaisé par la mélodie. On a tous été bluffés par son incroyable talent.

http://www.facebook.com

Josh :
Regardez ce que j'ai trouvé sur le Net !
Pas étonnant que Van Gogh ait arrêté de gémir quand Esté a chanté :

La musique est un cadre rassurant. Elle fait partie de notre intimité. Des études ont montré qu'il y avait une réduction de la douleur d'environ 60 % pendant et après des séances de musicothérapie car elles favorisent la libération de dopamine, d'endomorphine, et un relâchement musculaire. La respiration et le rythme cardiaque ralentissent. De ce fait, la douleur est vécue de façon moins invasive, moins intrusive, et le patient arrive à mieux gérer sa douleur, voire à la diminuer.

J'aime **Commenter** **Partager**

...

Lucie :
Ça ne m'étonne pas !!!

Léo :
Esteban va bientôt être remboursé par la sécu, alors…

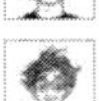

Esteban :
LOL !

Sixtine – Tu chantes super bien !
Thelma – Incroyable !
Lucie – Tu as un vrai don…

Nos compliments ont fait rougir Esteban qui a cessé immédiatement sa mélopée.
Alors que nous continuions à avancer sans savoir exactement où nous allions, Léo a sorti une bombe acrylique de son sac.

Josh – Tu fais quoi ?
Léo – Tu connais le Petit Poucet ?
Josh – Yes ! Et c'est quoi le rapport ?

Léo a tagué un œil de cyclope sur un plot de trottoir.

Léo – Je vais semer des yeux pour marquer notre chemin.
Josh – Pourquoi ? T'as pas d'appli sur ton portable pour retrouver ta route ?

Léo a éclaté de rire :

Léo – Ça serait génial de récrire le Petit Poucet en version 2.0… Vous imaginez comme l'histoire serait différente si le héros avait un Iphone sur lui ? Fini les cailloux pour marquer son chemin, il tape son adresse, il clique sur Itinéraire, et hop…

Josh – Il pourrait surtout commander des pizzas ou des sushis quand ses frères et lui meurent de faim dans la forêt !

Sixtine – Et prévenir le 119 !

Esteban – Le 119 ?

Sixtine – C'est l'accueil téléphonique pour les enfants maltraités...

À nous six, nous avons récrit un Petit Poucet moderne utilisant toutes les applis possibles.

Je vous passe les idées de dingue qui ont fusé, mais celles qui ont remporté les suffrages ont été : la livraison en vingt-quatre heures chrono des bottes de sept lieues et la géolocalisation de la maison de l'ogre pour une intervention du GIGN...

Bien sûr, nous avons fini par interrompre notre créativité folle pour chercher l'adresse d'un vétérinaire sur Google. Nous avons assez rapidement obtenu une adresse à deux pas de là.

Il est très amusant d'observer la salle d'attente d'un vétérinaire. On y trouve des chiens, des chats, des lapins nains, des hamsters, des canaris, réunis pour un casting improbable. Dans cette Arche de Noé toujours renouvelée, les patients reniflent avec bonheur leurs voisins, malgré les oreilles qui grattent, la patte en écharpe ou le museau tout chaud... Seuls les humains qui les accompagnent ont cet air grave qui sied au milieu de soin.

http://www.wikipedia.org

Vous avez tous entendu parler de Noé dans la Bible ? Vous savez, cet homme à qui Dieu a donné pour mission de construire une arche sur laquelle il devait embarquer un couple de chaque espèce animale présente sur terre avant le Déluge ?
Eh bien, des scientifiques se sont posé quelques questions très techniques.

Comment, en quelques jours, Noé et les siens auraient-ils pu récupérer des animaux sur toute la surface de la terre ?

Huit êtres humains (Noé et sa famille) pouvaient-ils suffire à assurer à la fois la navigation du bateau et l'entretien des animaux ?

Comment les besoins nutritifs de quelques animaux particulièrement exotiques auraient-ils pu être satisfaits ?

Comment ont-ils réglé les problèmes de l'éclairage, de la ventilation, du contrôle de la température et de l'hibernation de certains animaux ?

Van Gogh n'a pas échappé à la règle de ses congénères. Aussitôt posé sur le sol, il s'est mis à renifler les autres chiens et à remuer frénétiquement la queue.

Une mamie nous a demandé :

La mamie – Qu'est-ce qui lui est arrivé ?

Sixtine – Il vient de se faire renverser par une voiture.

La mamie – Oh le pauvre petit !!! Il est arrivé exactement la même histoire à Simson, mon premier caniche. C'était en juillet 1977, un mardi et…

Je pense que nous aurions eu droit à la biographie complète de Simson-le-caniche si le vétérinaire, un grand blond à l'allure nordique, n'était pas apparu. Josh lui a rapidement expliqué la situation.

Le vétérinaire s'est baissé et a tout d'abord regardé, sans y toucher, la patte de Van Gogh. Puis, très lentement, il a donné sa main à renifler. Il a ensuite défait l'écharpe de Lucie et examiné l'animal sans le brusquer. Van Gogh a couiné, mais s'est laissé faire.

Le vétérinaire – Je vais m'en occuper tout de suite. Ça n'a pas l'air méchant. Vous m'aidez à le porter dans la salle à côté ?

Les garçons s'en sont chargé puis nous ont rejointes dans la salle d'attente.

Sixtine – Alors ?

Josh – Il va déjà lui désinfecter la plaie et lui faire deux ou trois points. *A priori*, il n'a pas d'autres blessures.

Thelma – Tant mieux.

Léo – Oui, pas de quoi s'affoler... On voyait bien qu'il n'y avait rien de grave.

Léo avait vraiment du toupet d'affirmer cela alors que je l'avais vu bugger de mes propres yeux tout à l'heure sur le trottoir, au moment où Lucie lui demandait de l'aide pour soulever Van Gogh. Je n'ai pas commenté.

La mamie au caniche, trop contente de pouvoir reprendre la discussion (discussion n'est pas le bon terme parce que cela implique un échange entre plusieurs personnes. On parlerait là plutôt d'un soliloque), a immédiatement réagi :

La mamie – Pas de quoi s'affoler, pas de quoi s'affoler... Vous n'en savez rien, jeune homme ! Parfois, des blessures superficielles cachent des choses très graves. En 1982, quand Minouche a chuté du toit, elle n'avait rien... Pas la moindre marque. Elle s'est relevée avec élégance et elle est venue vers nous. Elle n'avait pas fait trois pas qu'elle s'est écroulée. Morte...

Sympa l'histoire... Certaines personnes ont vraiment le don pour détendre l'atmosphère !

La mamie ne nous a pas laissé le temps de pleurer Minouche qu'elle est aussitôt passée à la mort de Félix, le chat de la voisine, décédé dans des circonstances similaires un week-end du 1er mai. Nous avons eu droit au muguet sur sa tombe et au chagrin inconsolable de Mme Bollée. N'allez pas croire que nous sommes des êtres sans cœur, mais le ton mélodramatique avec lequel Mamie Catastrophe nous a raconté cela nous a donné une furieuse envie de rire.

Sixtine a chuchoté :

Sixtine – Vous croyez qu'on en a fini avec la rubrique nécrologique féline du quartier ?

Esteban – Laissez-la parler, ça lui fait du bien…

Mauvaise idée…

La mamie – Pauvre Mme Bollée… La vie s'est acharnée sur elle : quelques mois plus tard, elle perdait son mari. Une crise cardiaque. Il est parti sans prévenir. Il était là, et la seconde d'après, il était parti. Pourtant, c'était un homme qui…

L'assistante du vétérinaire est sortie de la salle d'examen, stoppant net Mamie Catastrophe, et a demandé à Josh :

L'assistante – Vous avez le carnet de vaccination ?

Josh – Non.

L'assistante – Vous savez au moins s'il est à jour ?

Josh – Non… Van Gogh est le chien du directeur du centre d'art dans lequel on prend des cours. Il s'est fait renverser, alors on vous l'a amené, mais on n'a aucune info. Il faudrait demander tous ces renseignements à son maître.

L'assistante – Et où est-il ?

Josh s'est tourné vers nous.

Josh – Vous savez où est Angelmann ?

Sixtine – Non ! Il n'était pas au centre quand c'est arrivé. Je lui ai laissé un mot sur son bureau avec mon numéro, pour l'avertir.

L'assistante – Bon, on verra ça plus tard… Pour l'instant, on va garder Van Gogh en observation, dites au maître de nous appeler rapidement.

Josh – Et nous, on peut partir ?

L'assistante – Absolument. Vous me laissez juste un numéro auquel vous joindre en cas de problème.

J'ai demandé, inquiète :

Thelma – Parce qu'il risque d'y avoir un problème ?

Mamie Cata n'a pas laissé à la secrétaire le temps de répondre, elle a prononcé avec l'air tragique des présentateurs de journaux télévisés les jours de tsunami ou de crash aérien :

La mamie – Le pire est toujours à prévoir, jeune fille…

Cette fois-ci, même Esteban s'est retenu de ne pas rire.

Alors que nous sortions du cabinet, le téléphone de Sixtine a sonné. Elle a rapidement regardé qui l'appelait.

Sixtine – Je ne connais pas le numéro, ça doit être Angelmann.

Elle a décroché et a prononcé avec la voix hyper sensuelle des filles qui vous annoncent vingt-cinq kilomètres de bouchon sur les radios d'autoroute :

Sixtine – Allô ! Sixtine à l'appareil…

MAIS ELLE NE PEUT PAS DIRE "ALLÔ" COMME TOUT LE MONDE ???

Léo l'a regardée avec les yeux d'Ulysse quand, attaché au mât de son bateau, il entend le chant des sirènes et qu'il a une furieuse envie de se jeter à l'eau pour les rejoindre.

Lucie

Puisque tu compares Léo à Ulysse, j'en profite pour te conseiller d'avoir la même patience que Pénélope ! Parce qu'entre Nausicaa la très belle, Circé aux pouvoirs magiques et Calypso, elle aurait pu ne jamais le revoir !!!

Même pas en rêve je vais supporter ce que Pénélope a enduré… Je réglerai son compte à la peste avant !

Calme-toi un peu ! Tu es une vraie furie…

Oui, je suis une furie et j'assume ! J'ai regardé dans mon livre de français, j'ai trouvé un personnage de la mythologie qui me plaît davantage que ta pauvre Pénélope !

Ah oui, qui ???

Médée ! Elle a une façon bien à elle de régler ses problèmes avec ses ennemis. Au choix : elle les coupe en morceaux, les fait bouillir, les empoisonne… J'adore ! C'est mon modèle dans la vie.

Va te faire soigner !!!

J'aime Commenter Partager

…

Sixtine a continué à répondre à Angelmann avec sa fausse voix de speakerine de radio FM. Comme elle se savait observée, elle a surjoué son rôle de fille sexy.

Sixtine *(enroulant une mèche de ses merveilleux cheveux blonds autour de son doigt en fixant Léo d'un air langoureux. Je la hais...)* – Il va bien. Le vétérinaire est en train de lui faire quelques points de suture à la patte et désire le garder en observation durant vingt-quatre heures. La secrétaire voudrait que vous l'appeliez, elle a besoin du carnet de vaccination.

Je ne sais pas si Lucie a senti que la demoiselle m'agaçait ou si c'était juste du bon sens mais elle a proposé :

Lucie – On avance ? On est déjà super en retard pour notre premier atelier.

Nous avons tous avancé. Sixtine est restée un moment seule à parler avec Angelmann puis, se retrouvant sans public, elle a vite fini sa conversation pour nous rejoindre en toute hâte. Elle a évidemment mis en scène la dernière révélation du jour.

Sixtine – Vous savez quoi ???

Esteban, toujours anxieux, a réagi au quart de tour.

Esteban – Quoi ???

Sixtine – Comme Angelmann veut aller chez le vétérinaire et s'occuper de Van Gogh, il a déjà annoncé les groupes de création… Et je sais qui est avec qui…

J'ai réagi trop fort, bien malgré moi :

Thelma – Je suis avec qui ????

Sixtine – Surprise !!!

Je vous jure que je suis une fille plutôt raisonnable mais là, les idées les plus folles me sont passées par la tête pour l'obliger à livrer l'information. Je vous les épargne, parce que certaines âmes sensibles pourraient être choquées.

Même Lucie a semblé agacée par tant de minauderies. Elle a prononcé avec l'empathie d'un psychopathe qui va étrangler sa douzième victime :

Lucie – Tu peux arrêter le suspens, s'il te plaît…

Sixtine – Vous allez a-do-rer l'i-dée !

A priori, là, la seule idée que je pourrais adorer serait la disparition totale et définitive de la blonde qui est en train de parler, mais je crains que ce soit impossible.

Sixtine a laissé passer un petit moment, histoire que ce soit focus sur sa petite personne, puis elle a prononcé :

Sixtine – Vous voulez vraiment savoir ???

Après avoir exigé un oui collectif façon jeu télévisé débile, la peste a annoncé :

Sixtine – Angelmann a dit : « On ne change pas une équipe qui gagne : Esteban, Lucie, Josh, Thelma, Léo et Sixtine, puisque vous fonctionnez si bien ensemble, vous constituerez le premier groupe de création. » Ça va être génial, on va même pouvoir se retrouver au lycée pour bosser notre spectacle !

Esteban – Sauf moi !

J'étais désolée pour Esteban qui n'était pas dans le même lycée que nous, mais c'était la plus belle nouvelle du jour. J'étais avec Lucie et Léo… Je ne pouvais pas rêver mieux : mon homme et ma BFF dans le même groupe !!! Je me suis jetée dans les bras de ma meilleure amie :

ON EST ENSEMBLE !
ON EST ENSEMBLE !
OUI, ON EST ENSEMBLE… MAIS SURTOUT, ON EST AVEC NOTRE SIXTINE CHÉRIE… ON VA AVOIR TOUT LE TEMPS DE DEVENIR LES MEILLEURES AMIES DU MONDE…

Épisode 3

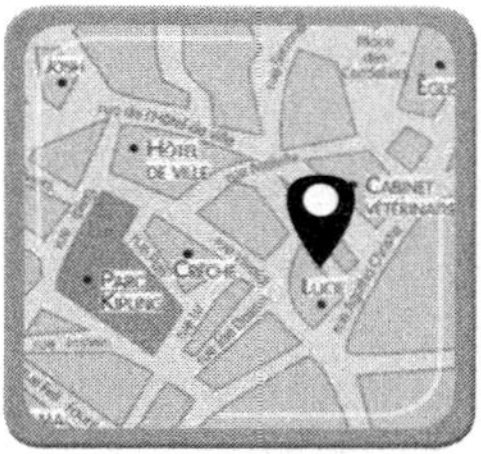

Cela faisait près de dix minutes que j'attendais Lucie en bas de chez elle quand je me suis décidée à l'appeler. Il n'y avait pas urgence, les ateliers commençaient à 15 h 00 et il n'était que 13 h 30, mais nous avions convenu avec le groupe qu'on se retrouverait à la cafèt' une heure avant le début des cours pour parler de notre création collective.

Comme Esteban n'était pas dans le même lycée que nous et que nous ne voulions prendre aucune décision sans lui, c'était difficile de travailler ailleurs qu'au Repère. Nous étions déjà mi-octobre, et il était largement temps de trouver une idée de spectacle.

Comme ce n'est pas le genre de Lucie d'être en retard, et même si je savais qu'elle avait un devoir d'histoire à terminer, j'ai commencé à m'inquiéter.

Il m'a fallu la rappeler deux fois avant qu'elle ne réponde :

Lucie – Désolée Thelma, j'étais en ligne.

Thelma – Ça va ?

Lucie – Oui, mais j'ai un problème... Je ne vais pas pouvoir venir au Repère aujourd'hui. Le centre de loisirs m'a téléphoné il y a deux secondes, je dois récupérer les jumeaux, ils sont malades.

Thelma – Les deux ?

Lucie – Je ne suis pas sûre, mais tu sais comment ça se passe avec eux !

Oui, je sais... Ce n'est pas pour rien que Lucie les surnomme les « copiés-collés ». Ils se ressemblent comme deux gouttes d'eau, aiment les mêmes choses, pleurent pour les mêmes raisons et finissent toujours par avoir les mêmes symptômes.

Thelma – Et c'est toi qui dois aller les chercher ?

Lucie – Ben oui... Qui, sinon ???

J'ai eu envie de lui répondre : « Ta mère ! C'est bien ses enfants, non ?!? », mais comme d'habitude, je n'ai pas osé.

Je trouve que Lucie prend beaucoup (trop) de choses en charge chez elle, et depuis (trop) longtemps. Ça a commencé l'année de notre sixième, quand son père a rencontré une autre femme et qu'il est parti du jour au lendemain. Lucie avait douze ans et les jumeaux, trois... La mère de ma meilleure amie s'est effondrée. Elle n'a plus réussi à gérer le quotidien.

Aucun adulte qui les entourait n'a mesuré le sérieux de la situation. Il faut avouer que, de l'extérieur, on ne voyait vraiment rien. Lucie, en vaillant petit soldat, a tout assumé à la place de sa mère. Elle s'est mise à gérer la maison avec une maturité incroyable. Elle a fait les courses, les repas, s'est occupée de ses petits frères sans jamais se plaindre.

Il a fallu plusieurs mois à sa mère pour se sortir de son chagrin. Quand ça a été enfin le cas, certaines habitudes étaient prises. Les jumeaux réclamaient leur sœur à tout moment et Lucie, voulant soulager sa mère, s'occupait encore très souvent d'eux.

Cinq ans plus tard, c'est toujours le cas. J'évite de commenter parce que Lucie ne supporte pas que je fasse la moindre remarque. C'est une vraie lionne quand il s'agit de sa mère et de ses frères ! Elle les protège avec amour. On dirait que c'est elle, le chef de cette minitribu.

Thelma – Et tu vas les chercher maintenant ?

Lucie – Yes !

Thelma – Bon, ben je t'accompagne, c'est sur mon chemin.

Lucie – O.K. … Je descends dans deux minutes.

Thelma – Je t'attends…

En réalité, si j'avais décidé de faire le chemin avec Lucie, c'est parce que j'avais une idée en tête. Je me disais que si les jumeaux n'étaient pas trop malades, ils pourraient parfaitement venir avec nous à la cafèt'. Soit, Lucie louperait son atelier sculpture, mais au moins, elle serait avec nous avant.

Je voulais lui en parler dès qu'elle descendrait, mais quand elle est apparue, j'ai eu beaucoup plus important à gérer !!!

Thelma – Waouh !!!!! J'adore ton nouveau tee-shirt tête de mort, je veux le même ! Tu l'as acheté quand ?

Lucie – Je ne l'ai pas acheté… Tu ne reconnais pas mon vieux tee-shirt noir ?

Thelma – C'est toi qui as dessiné la tête de mort ???

Lucie – Oui, c'était pas très compliqué. Je t'en fais un si tu veux.

Thelma – Ce n'est peut-être pas très compliqué, mais je ne connais personne autour de moi capable de réaliser un truc pareil. Tu es un génie…

Lucie a éclaté de rire.

Lucie – T'es pas obligée de me flatter, je t'ai dit que je t'en ferai un!

Thelma – Peste, va!

Lucie – Tu vas adorer ceux que j'ai faits aux jumeaux. Ils les ont mis pour aller à l'école hier, ils ont dormi avec cette nuit, et impossible de les leur retirer ce matin!

Thelma – Tu leur as fait des têtes de mort aussi??

Pourquoi la mode utilise-t-elle les têtes de mort???

Au XVIIe siècle, certaines œuvres d'art, appelées «les vanités» (tableaux, sculptures ou bijoux), sont à l'honneur! Elles symbolisent la phrase: *memento mori* («Souviens-toi que tu vas mourir...»). On retrouve souvent dans ces œuvres des sabliers ou des bougies représentant le temps qui passe et... un crâne symbolisant la mort qui ne manquera pas de nous arriver à tous un jour.
Ce n'est pas super gai, mais ça permet de se rappeler qu'il faut profiter de chaque jour qui passe. La vie est un cadeau, alors *carpe diem* («Cueille le jour»!!!).
Vous voyez, la mode d'aujourd'hui n'a rien inventé, elle a emprunté cette idée-là aux Anciens...

Lucie – Non, pas des têtes de mort, pire ! Des monstres avec d'énormes dents et un seul œil.

Thelma – C'est Léo qui t'inspire ?

Lucie – Oui, un peu… À force de le voir taguer un œil unique partout, ça me donne des idées.

Thelma – Calme-toi avec Léo, il est pour moi !

Ma meilleure amie m'a souri.

Lucie – Je te le laisse sans problème…

Thelma – Si Sixtine pouvait en dire autant !

Lucie – Tu peux rêver.

Thelma – Je la déteste. Tu as vu comme elle se la joue *sex bomb* avec lui ?

Lucie – Ce que je vois, surtout, c'est comment ça marche…

Mon cœur a fait une chute libre.

Cette fois-ci, c'est moi qui ai (péniblement !) souri. Lucie porte un regard cynique sur tous les individus de sexe masculin.

Thelma – Je croyais qu'il ne fallait jamais commencer une phrase par « tous les garçons » ou « tous les garagistes » ou « toutes les Chinoises » ! Il me semblait que tu combattais les *a priori* sur les groupes parce que c'était une forme de racisme ? Je me trompe ?
Lucie – Non, tu as parfaitement raison...

Et me regardant en coin, elle a ajouté en riant :

Lucie – Sauf pour les garçons !
Thelma – On en reparlera le jour où tu tomberas raide dingue amoureuse.
Lucie – C'est pas demain la veille...
Thelma – Tu n'en sais rien. Un bonheur est si vite arrivé.

Comme on arrivait devant le centre de loisirs, Lucie s'est penchée pour me dire au revoir.

Lucie – Allez, salut... Tu m'appelles quand tu sors du Repère 17 pour me raconter ?

Si je voulais convaincre Lucie de venir avec les copiés-collés à la cafèt', il fallait que je la joue fine.

Thelma – Je rentre avec toi deux secondes, je vois comment vont les jumeaux et je file.

Comme on poussait la porte du centre, Lucie m'a dit, d'un air amusé :

Lucie – J'adore quand tu élabores des plans pour tenter de me manipuler, l'air de rien.

Lucie – Mais je sais que tu m'aimes et que c'est pour mon bien que tu veux que je vienne au Repère 17 ! En avant James Bond, on va chercher les monstres.

Max et Tobie, fous de joie, ont hurlé : « Voilà Lucie ! » exactement en même temps lorsque nous sommes entrées dans la cour, et puis, ils ont dû se souvenir qu'ils étaient « gravement malades », parce qu'ils ont aussitôt pris un air souffrant.

Leur comédie n'a évidemment pas échappé à ma meilleure amie qui n'a pourtant rien laissé paraître devant l'animatrice. Elle a parlé un long moment avec elle, l'a remerciée chaleureusement de prendre soin des enfants et nous sommes reparties avec les jumeaux sous le bras. Mais, à peine arrivés dans la rue, Lucie les a regardés bien droit dans les yeux et leur a demandé :

Lucie – Je peux savoir ce qui se passe ?

Tobie s'est collé à son frère et lui a, comme d'habitude, laissé la parole. Une chose est amusante avec ces deux-là, même si ce sont apparemment deux photocopies, c'est qu'ils se partagent les tâches. Et le porte-parole de leur duo, c'est Max !

Max – On a très mal à la gorge.
Lucie – Tous les deux ?
Max – Oui…
Lucie – Vraiment ?

Comme Lucie le fixait d'un air sévère, il a dû vouloir être crédible. Il a répondu comme s'il récitait une leçon :

Max – On a une gêne à la déglutition, une augmentation du volume des amygdales et aussi une augmentation du volume des ganglions.

Mais comment il sait des trucs pareils à son âge ? Ma meilleure amie a observé son frère un petit moment, puis elle a sorti son portable.

Qu'est-ce qu'elle fait ? Ce n'est vraiment pas le moment de téléphoner. Lucie a pianoté, a attendu deux ou trois secondes, puis a lu en regardant l'écran :

Lucie – Comprendrechoisir.com : « Comment reconnaître les symptômes classiques de l'angine ? On retrouve généralement de la fièvre (supérieure à 38 °C en cas d'angine bactérienne), une gêne à la déglutition, une rougeur de la gorge, une augmentation du volume des amygdales, une augmentation du volume des ganglions. »

À la lecture de ce qu'il avait apparemment appris (presque) par cœur pour simuler une angine, Max s'est ratatiné sur place. Lucie a rangé son portable et a répété sa question initiale. Je ne sais pas comment elle a fait pour garder son sérieux.

Lucie – Je peux savoir ce qui se passe ?

Tobie a chuchoté à son frère :

Tobie – Dis-lui la vérité…
Max – Elle va nous punir.
Tobie – Je sais, mais c'est fichu. Elle a compris qu'on n'était pas malades.

Lucie a toussoté pour interrompre leur conversation privée.

Lucie – J'attends…

Max a repris la parole.

Max – Il y a un garçon qui se moque de nous au centre de loisirs.
Lucie – Et ?
Max – Et on ne voulait pas rester cet après-midi.
Lucie – Donc, vous avez simulé une maladie pour ne pas affronter la situation ?

Les jumeaux ont baissé les yeux.
Avec leurs dents de devant en moins, leur tee-shirt « big monster » et leur air d'enfants repentants, ils étaient craquants. J'ai eu envie de leur dire : « C'est pas grave les minots, allez, venez, on va vous acheter une glace. » J'ai bien senti que Lucie avait le même désir, mais en sœur responsable, elle a prononcé d'une voix sévère.

Lucie – Je ne suis vraiment pas contente. Non seulement vous avez menti au lieu d'assumer, mais en plus, vous m'avez inquiétée. Et maintenant, à cause de votre comédie, vous allez me priver de mon après-midi au Repère 17.
Tobie et Max – On est désolés.

Lucie – Pas autant que moi !

Je lui ai chuchoté :

Thelma – On les emmène quand même pour le rendez-vous avec le groupe ?

Lucie a soupiré :

Lucie – Oui... Mais je suis vraiment déçue pour mon atelier sculpture, on devait travailler la terre à la façon de Camille Claudel !

http://www.facebook.com

Lucie :
Lis ça, Thelma !!! Tu vois où ça mène l'amour ?
À L'ASILE !!!

En 1883, Camille Claudel rencontre le sculpteur Auguste Rodin et devient son élève. Mais elle devient aussi sa muse, sa confidente et sa maîtresse tandis que Rodin vit avec une autre femme, Rose Beuret.
Après une période de lune de miel durant laquelle Camille crée aux côtés de son amant, les choses se détériorent. Délaissée par Rodin, abandonnée par sa famille, elle sombre dans la misère matérielle et s'enferme dans la solitude. Elle va jusqu'à détruire une partie de ses dernières œuvres, ses papiers et sa correspondance. En 1913, elle est admise à l'hôpital psychiatrique. Elle meurt le 19 octobre 1943, après trente années de séquestration.

J'aime Commenter Partager

Thelma :
Tu pourrais plutôt dire que l'amour passionnel pour Rodin et leur travail commun l'ont menée dans tous les grands musées !!!

Lucie :
Mais elle y a perdu sa vie et sa santé mentale…

Thelma :
C'est pas faux ☺ Mais les filles amoureuses ne finissent pas toutes en hôpital psy…

Lucie :
C'est pas faux ☺

Avant même que je commente sa déception de ne pas aller à son atelier, elle m'a dit :

Lucie – Ça n'a aucune importance ! Allez, on va déjà rejoindre les autres.

L'accueil qui nous a été réservé lorsque nous sommes arrivés à la cafétéria a été très chaleureux. Notre retard, la présence des jumeaux, et Van Gogh qui sautait comme un fou (son accident était maintenant un lointain souvenir), ont donné à notre entrée un air de fête.

Léo – Eh bien, où étiez-vous passées ?
Lucie – Désolée, on a un peu de retard...

Avec tendresse, Josh a demandé :

Josh – Vous avez embauché des minicomédiens pour notre spectacle ? Ils sont super mignons !
Lucie – Je vous présente mes petits frères : Max et Tobie.

Les copiés-collés, surtout intéressés par la présence de Van Gogh, ont marmonné un « bonjour » poli aux humains présents puis ont suivi le chien dans la cour pavée. Cela ne faisait pas vingt secondes qu'ils étaient partis qu'on a entendu un bruit de casse et, aussitôt après, les jumeaux éclater de rire.

Esteban – Oh non ! Il a encore brisé un des pots de géranium de Colette. Elle va s'énerver.

Effectivement, la voix suraiguë de Colette, adhérente sénior du club de bridge, s'est fait entendre. Elle a hurlé :

Colette – Van Gogh !!!!

Et puis, tout de suite après, sur le même ton :

Colette – D'où sortez-vous, tous les deux ?

Les jumeaux, certainement terrorisés par la « dragonne », ont dit exactement en même temps :

Les jumeaux – C'est pas nous, on le jure !
Colette *(se radoucissant d'un coup)* – Bien sûr que ce n'est pas vous. C'est cet horrible bâtard surexcité. M. Angelmann aurait mieux fait de le laisser à la SPA.

Inutile de vous préciser que Colette, la jardinière sénior, ne porte pas Van Gogh dans son cœur. Il lui ravage toutes ses (horribles) plantations et elle ne manque jamais une occasion de lui donner un coup de pied dès qu'il s'approche.

Colette – Qu'est-ce que vous faites là, seuls dans la cour ?

***Les jumeaux** (hyper synchrones)* – On est venus avec notre grande sœur parce qu'on est un peu malades.

Alors que Lucie se levait en toute hâte pour aller chercher ses frères, Esteban l'a retenue :

Esteban – Laisse... Colette est une femme adorable.

Léo – Elle cache bien son jeu, alors ! Parce que même moi, j'ai la trouille...

Comme si la vieille dame avait voulu donner raison à Esteban, on l'a entendue proposer aux jumeaux :

Colette – Si vous m'aidez à ramasser mon pot et à replanter mes géraniums, je vous offre une grenadine et une part de tarte aux mirabelles.

Les jumeaux – Vendu !

Notre rire a fait écho à celui de la vieille dame.

Josh – C'est des comiques, tes petits frères !
Lucie – Tu ne sais pas à quel point...

Ma meilleure amie a raconté aux autres l'épisode « angine.com ». Cette histoire a fait resurgir chez chacun des souvenirs personnels de mensonge pour ne pas aller à l'école.

Josh – Moi, je mettais le thermomètre sous l'eau chaude dans la salle de bains et quand ça arrivait à trente-huit, hop, je me le remettais sous le bras.
Sixtine – Moi, je mangeais en douce et quand j'arrivais à table, je disais que j'avais mal au ventre et que j'avais envie de vomir. Du coup, ma mère, qui avait trop peur que je la bloque à la maison avec une gastro, préférait se débarrasser de moi. Elle m'envoyait chez ma grand-mère qui me gardait au chaud pendant deux jours.
Léo – Sympa, ta mère...

Une lueur de tristesse est passée dans les yeux de Sixtine puis, reprenant son air de fille sûre d'elle, elle a dit :

Sixtine – Ma mère est comédienne donc tu comprends bien que si elle est sur un tournage, elle ne peut pas se permettre de s'absenter.

Léo – Ta mère est comédienne ??? Elle joue dans quoi ?

Et voilà comment passer du statut de Cosette, fille de Fantine, à celui de Shiloh, fille d'Angelina Jolie. Cette fille a un vrai talent pour repeindre sa vie en rose.

Quiz
Les Misérables

1 - Qui a écrit *Les Misérables* ?

a: Hugo - b: Zola - c: Balzac

2 - Comment s'appelle la petite fille si mignonne maltraitée par des méchants ?

a: Cosette - b: Minette - c: Mistinguette

3 - Comment se nomme le policier tenace qui persécute Jean Valjean ?

a: Javert - b: Albert - c: Travers

4 - Qui sont les affreux aubergistes qui maltraitent la petite Cosette ?

a: Les Thénardier - b: Les Capulet - c: Les Poulet

5 - Comment meurt Gavroche, ce merveilleux gamin de Paris ?

a: Fusillé - b: Poignardé - c: Pendu

1: Victor Hugo; 2: Cosette; 3: Javert; 4: les Thénardier; 5: fusillé.

Sixtine – Elle joue surtout au théâtre, mais elle a aussi fait des films et des téléfilms.
Josh – Ah oui, lesquels ???

Sixtine a semblé hésiter, puis elle a dit :

Sixtine – Je ne vais pas vous faire la filmographie de ma mère maintenant, je vous montrerai ses films à l'occasion, si vous voulez !

Et, reprenant le fil de la discussion « opération simulation de maladie », elle a rapidement enchaîné :

Sixtine – Et toi, Thelma, comment tu faisais alors, pour rater l'école ?

Mon portable a bipé, m'indiquant que j'avais reçu un SMS. J'ai jeté un coup d'œil rapide. C'était Lucie. Elle fait souvent ça quand on est avec des gens et qu'elle veut me dire quelque chose d'important discrètement :

Sixtine mythone pour sa mère

J'ai eu envie de hurler à Lucie : « Comment tu le sais ???? », mais j'ai répondu à Sixtine, l'air de rien :

Thelma – Moi, je n'ai jamais eu besoin de simuler... J'ai toujours eu le droit de ne pas aller à l'école.

Léo et Esteban et Josh et Sixtine *(ensemble)* – Quoi ??? Comment ça ?

Eh oui, moi aussi je peux provoquer mon petit effet… Je ne suis pas la fille d'une star mystérieuse, mais j'ai quelques jolies cartes dans mon jeu !

Thelma – Mon premier jour de maternelle, mon père m'a dit : « Thelma, à partir de maintenant, tu vas aller à l'école tous les jours. Certains matins, tu n'en auras pas envie. Ça arrive à tout le monde de vouloir rester dans son lit, pourtant on va tous travailler : Delphine et moi, afin de gagner des sous, et toi, pour devenir une petite fille savante. »

Léo – C'est qui, Delphine ?

Thelma – Ma belle-mère. « Donc, m'a-t-il dit, pour être sûr que tu sois joyeuse chaque jour, je vais te faire une proposition. »

Josh – Ton père te parlait comme ça quand tu avais trois ans ?

Thelma – Oui ! Il a parfois du mal à comprendre que les enfants ne sont pas des grandes personnes. Tu verrais comment il parle parfois à ma petite sœur.

Lucie est intervenue :

Lucie – Remarque, avec Lou, il n'y a pas moyen de s'adresser autrement que comme à un prix Nobel de philo…

J'ai souri.

Attention super gossip !!!!!

Savez-vous pourquoi il n'y a pas
de prix Nobel de mathématiques????
On raconte que la chérie d'Alfred Nobel
l'aurait trompé avec un mathématicien
(on parle du grand mathématicien suédois Gösta
Mittag- Leffler), raison pour laquelle M. Nobel aurait
décidé de ne jamais décerner de prix
aux spécialistes de cette discipline.
Même si cette histoire de tromperie est un fake,
il est certain en tout cas que Nobel jalousait
Gösta Mittag-Leffler, éminent mathématicien,
membre influent de l'Académie royale des sciences
de Suède, et qu'il a tout fait pour que ce monsieur
ne reçoive pas de prix...
C'est pas beau la jalousie, Alfred !!!

Thelma – Il faut savoir que ma sœur est une sorte de vieux moine tibétain dans le corps d'une fillette de six ans. Vous entendriez les questions qu'elle pose parfois sur la vie et la mort... Elle est flippante.

Esteban – Eh bien ! Entre les jumeaux et Lou, vous ne devez pas vous ennuyer.

Lucie – Pas vraiment, non...

Josh – Vous avez de la chance d'avoir des petits frères et sœurs, c'était mon rêve quand j'étais petit.

Sixtine – T'es enfant unique, toi aussi ?

Josh – Pas exactement. J'ai deux grandes sœurs du côté de mon père, mais je ne les connais presque pas. Elles vivent à Londres depuis plus de vingt ans.

Léo, que ces confidences sur la famille semblaient ennuyer, m'a demandé :

Léo – Alors Thelma, c'était quoi la proposition de ton père ?

Thelma – Elle était simple ! Il m'a donné la permission de m'absenter trois jours au choix, dans l'année, sans avoir à fournir aucune raison, à condition que le reste du temps je ne joue pas la comédie pour louper l'école.

Sixtine – Cool…

Léo – Et alors, tu les as kiffés, ces trois jours ?

Thelma – En fait, je ne les ai même pas pris… Le fait de savoir que je pouvais rester chez moi si je le désirais m'en a dissuadé. Souvent, le soir au repas, j'annonçais à mon père : « Je crois que je vais prendre mon jour, demain », et au coucher, j'annulais moi-même ma perm. Je me disais qu'il valait mieux la garder pour une autre fois où j'en aurais plus envie.

Léo – Et tu as eu le droit de les récupérer l'année d'après ?

Thelma – Je ne me suis pas posé la question. Je sais juste que grâce à ces jokers, je n'ai jamais eu d'angoisse du soir ! Et toi alors, c'était quoi ta fausse maladie pour ne pas aller à l'école ?

Une ombre noir charbon a obscurci le regard de Léo.

Léo – Pas le genre de la maison, la fausse maladie… On a déjà assez de la vraie.

Les jumeaux, qu'on n'avait plus vus depuis l'épisode « géranium/tarte aux mirabelles », ont réapparu accompagnés de leur indéfectible copain à quatre pattes.

Max – Lucie, on peut aider Simon à ranger la salle de bridge et à mettre les vieilles chaises dans le cabanon ?

Lucie – C'est qui ça, Simon ?

Max – C'est un papy qui ressemble à Baloo dans *Le Livre de la jungle.*

On a éclaté de rire. Lucie a froncé les sourcils.

Lucie – Max, ça ne se dit pas…
Max – Oui, mais c'est vrai…

Tobie a répété :

Tobie – Oui, mais c'est vrai…
Lucie – Peut-être, mais toute vérité n'est pas bonne à dire.

Lucie s'est tournée vers nous.

Lucie – Vous le connaissez, vous, Simon ?

Esteban, qui semblait avoir identifié tous les membres du club de bridge, nous a renseignés sur l'identité du papy rangeur :

Esteban – Simon, c'est celui qui servait à la cafétéria samedi avec un fort accent du sud.
Léo – Ah ouais, il est cool ce vieux…

Max, impatient, a demandé :

Max – Alors, on peut ???

Lucie a regardé sa montre.

Lucie – O.K., mais un petit moment seulement, et quand je viens vous chercher, vous rappliquez sans râler.

Max et Tobie – D'accord !!!!

Et ils ont filé avec leur *escort dog*. Nous avons tous eu le sourire aux lèvres en les regardant partir.

Lucie – Bon, et si on travaillait pour notre création, nous ?

Léo – Ouais… Il faudrait avancer un peu, ça va bientôt être l'heure des ateliers.

Josh – Vous avez une idée de ce qu'on pourrait faire ?

Thelma – Pas la moindre ! Surtout sur le thème de la liberté, je ne vois pas ce qu'on va trouver de vraiment original.

Sixtine – Et si on montait une minipièce de théâtre ?

Je vous fais le pitch de ce qu'elle va nous proposer dans deux secondes :

Léo, un prince fou d'amour, peint nuit et jour une fresque en l'honneur de sa belle (Sixtine). Seule sur scène dans une robe couleur soleil (cousue par Lucie), elle se pavane sous le regard des spectateurs (le reste du monde). De temps à autre, irruption d'une servante muette (moi) qui lui apporte les missives du prince. On entend la voix d'un troubadour (Esteban) chantant sous ses fenêtres les mots du prince.

Je n'ai pas trouvé de rôle pour Josh l'acrobate, mais on peut faire confiance à la demoiselle pour proposer quelque chose qui LA valorisera à mort !

Léo – Ah non, pas une pièce de théâtre ! Ça fait spectacle pourri de fin d'année de classe de quatrième. Il faut un truc qui clashe. Le théâtre, c'est un truc de vieux.

Sixtine – Ça dépend de ce qu'on monte. Tu as des textes hyper contemporains qui déménagent. Lis des auteurs comme Novarina, Py ou Lagarce, tu verras !

Léo – Je ne connais pas ! Mais toi, tu as l'air d'assurer…

Sixtine – Un peu, oui…

Sixtine a prononcé cette dernière réplique avec l'air de la fille hyper modeste.

En cours de français, la prof nous a appris à reconnaître un oxymore, la figure de style qui réunit deux mots de sens contraire. Par exemple, quand Victor Hugo écrit « un nain géant », c'est un oxymore. Eh bien, « Sixtine modeste », c'en est un autre !

Lucie a demandé :

Lucie – C'est à force de traîner dans les coulisses quand ta mère joue, que tu connais tous ces auteurs ?

Si ma BFF ne m'avait pas envoyé le SMS : « elle mythone pour sa mère » tout à l'heure, j'aurais juré qu'elle posait cette question en toute innocence. Mais là, j'ai bien compris qu'elle cherchait à la piéger. J'ai eu envie d'applaudir…

Sixtine a semblé un moment déstabilisée.

Puis, reprenant très vite de l'assurance :

Léo – Moi, ça m'a toujours gavé. Je n'aime que les images, le texte, ça m'ennuie. Même pour lire une notice d'utilisation je préfère les dessins aux explications. Je trouve que les mots embrouillent tout.

Esteban, que nous n'avions pas beaucoup entendu depuis le début de cette discussion, nous a confié avec sa réserve habituelle :

Esteban – Pour moi, le mieux, c'est la musique… Aucune erreur d'interprétation possible. Ça parle directement au cœur.
Josh – Je suis d'accord avec toi.

En fait, on l'était tous, même si nous n'aimions pas forcément la même musique ! Entre les « métalleux », les amateurs de pop rock, les partisans de la variété et les adorateurs de Bach, nous représentions un échantillon assez large des goûts musicaux.

Lucie – Bon, la musique nous réunit tous, c'est déjà un bon point, mais ça ne nous dit pas ce qu'on va adopter comme forme : installation ? Performance ?
Josh – Il nous faudrait juste une idée de départ…

Comme les jumeaux, qui rangeaient avec Simon, venaient de passer devant nous, Léo a commenté :

Léo – Ils sont vraiment cool leurs tee-shirts.
Thelma – C'est Lucie qui les a faits.

Léo n'en est pas revenu.

Léo – C'est pas vrai ???
Thelma – Si !!!

Fière de ma BFF, j'ai ajouté :

Thelma – Et son tee-shirt à elle, il n'est pas top ?

Sixtine a poussé un « waouh » en gardant la bouche ouverte comme les filles dans les séries américaines. Les autres ont été plus discrets, mais tout aussi admiratifs.

Esteban – J'adore !

Josh – Moi aussi...
Léo – Tu es une tagueuse géniale qui s'ignore.
Lucie – N'importe quoi !

Sixtine a demandé :

Sixtine – Tu pourrais m'en faire un, à moi aussi ?

Avant même que Lucie ne réponde, Léo a réagi :

Léo – Voilà le début d'une idée pour notre spectacle ! On porte tous un tee-shirt dessiné par Lucie.
Lucie – Avec la tête de mort ?
Léo – Oui !
Lucie – Je pourrais lui faire un seul œil, en hommage à ton tag que tu as surnommé « le Kiklop » !

Léo a souri. Mon cœur a fait bang bang, même si ce sourire merveilleux n'était pas pour moi. Qu'est-ce qu'il est beau avec ses cheveux bouclés attachés et son tee-shirt blanc ! Si je ne me retenais pas ...

Léo – Génial... On sera tous des Kiklops marchant dans la ville !

Lucie a renchéri :

Lucie – Une ville qu'on imagine elle-même totalement parano avec des yeux partout.

Léo – Yes ! Une cité hyper fliquée avec des fenêtres et des yeux. Pas un recoin, pas une zone d'ombre. Tout sous le regard !

Lucie – Tu pourrais la taguer sur des grands panneaux blancs, cette ville ?

Léo – Ouais !

Sixtine – Ça ferait un décor de spectacle génialissime.

Josh a immédiatement positivé.

Josh – Banco pour le décor et les costumes !

J'ai éclaté de rire.

Thelma – Il ne reste plus qu'à trouver l'idée principale ! On a un peu pris le problème à l'envers, mais pourquoi pas…

Sixtine – L'art n'est pas un exercice de maths, Thelma !

Toutes les fois où Sixtine peut me ramener à ma condition d'élève de S, elle n'y manque pas. Bon d'accord, contrairement aux autres, ma présence au Repère 17 n'est justifiée par aucun talent artistique et je ne sais toujours pas pourquoi j'y ai été admise, mais quand même. Je n'ai pas envie d'être réduite au rôle de la scientifique sans aucune fantaisie tandis qu'elle serait, elle, une élève de L originale et pleine de poésie.

J'ai répliqué :

Thelma – Contrairement à ce que tu crois, prendre le problème à l'envers en maths est parfois très judicieux. Tu devrais essayer !

Sixtine – Sans façon... J'ai mieux à faire de ma vie.

Josh a dû sentir que la discussion allait tourner au vinaigre parce qu'il a vite proposé :

Josh – D'autres idées pour notre cité sans zone d'ombre ?

Esteban a murmuré :

Esteban – Des djembés.

Comme on le regardait tous, il a complété :

Esteban – Dans cet univers paranoïaque, on peut imaginer des percussions comme autant de cœurs qui battent ou de pas qui résonnent sur le béton. Une musique un peu primitive qui prenne aux tripes.

Léo – Ça serait super cool, ça !

Notre musicien est devenu rouge borne incendie.

Lucie – Très belle idée, Esteban... Tu pourrais t'en charger ?

Esteban – Je pourrais imaginer des rythmes, vous apprendre à les jouer et enregistrer une bande-son. Ça demande au moins trois volontaires et quelques heures de répétition.

Lucie – Moi, je suis partante !

Josh – Pareil pour moi…

Thelma – Moi aussi !!! Ça me donnera la possibilité de faire au moins une chose puisque je ne suis douée en rien.

Léo m'a regardée.

Léo – Tu auras une autre chose à faire, Thelma.

Thelma – Quoi ?

Léo – Je compte sur toi pour le décor, non ?

Vous voyez la consistance d'un loukoum qu'on aurait laissé au soleil, dans le désert, un jour d'été sous le coup de midi ? Eh bien, c'est du tungstène à côté de l'état de mon cœur au moment où Léo a prononcé ces derniers mots.

Sixtine – Je peux t'aider si Thelma ne veut pas ?

Cette fois-ci, vous voyez un grizzly qui n'a pas mangé depuis plus de trois jours et à qui on retire le saumon qu'il s'apprêtait à dévorer ? Eh bien, c'est Mère Teresa à côté de moi au moment où Sixtine a prononcé ces derniers mots.

Heureusement, je n'ai pas eu besoin de montrer les dents. Mon prince est intervenu :

Léo – Non, toi Sixtine, il vaut mieux que tu t'occupes d'autre chose. Thelma et moi, on est ensemble à l'atelier BD, on pourra travailler le décor là-bas.

Sixtine a répondu un « O.K., ça me va comme ça » en souriant, mais lorsque nos regards se sont croisés, ça a fait comme les cow-boys dans les vieux westerns de mon père quand il suffit d'un rien pour que l'un ou l'autre dégaine. Il ne manquait plus que la petite musique à l'harmonica...

Heureusement, les jumeaux, qui repassaient devant nous, ont fait diversion. Au même moment, Angelmann est sorti de son bureau. Il a regardé les petits en fronçant les sourcils. Lucie m'a chuchoté :

Lucie – J'aurais dû lui demander la permission pour mes frères.

Et, se levant rapidement de sa chaise, elle est allée au-devant du directeur. Josh m'a demandé discrètement :

Josh – Elle a un problème, Lucie ?
Thelma – Elle a peur qu'Angelmann lui fasse une remarque parce qu'elle est venue avec les jumeaux.

Léo, qui m'avait entendue, a commenté :

Léo – Ça va, ils ne gênent pas, les petits. Ils jouent gentiment… Faut pas abuser…

Josh – C'est vrai qu'elle aurait dû demander. Si on débarque tous avec des amis ou de la famille, c'est pas gérable.

Léo – C'est bon, nous soûle pas avec ton savoir-vivre de garçon bien élevé, Josh, elle n'a personne pour garder ses frères, elle vient avec eux, point barre.

J'ai regardé mon prince, totalement *in love*. Je l'ai soudain imaginé debout sur les barricades, défendant nos libertés, et moi, derrière lui, dans une longue robe blanche, cheveux aux vents…

Josh n'a rien répondu, mais j'ai senti qu'il était agacé. Ce n'est pas la première fois que ces deux-là s'opposaient.

Même s'ils sont devenus copains et qu'on les voit toujours ensemble à la cantine et aux récréations au lycée, ils ont des caractères assez opposés. Josh est du genre à la jouer profil bas pour ne pas faire de vagues tandis que Léo ose dire ce qui ne lui convient pas, quitte à ce que ça crée du conflit… J'admire !

Lucie est revenue vers nous. J'ai repéré qu'elle était mal à l'aise même si elle faisait bonne figure.

Je la connais mieux que quiconque, et je ne me laisse pas berner par ce qu'elle donne à voir.

Thelma – Alors ?
Lucie – Il m'a dit qu'il n'y avait aucun problème.
***Léo** (à Josh)* – Tu vois, je te l'avais dit !
Sixtine – Je m'en doutais aussi.
***Josh** (à Léo)* – Il n'empêche que ça aurait été mieux de le prévenir avant.

Tandis que chacun y allait de sa petite remarque, je me suis approchée plus près de ma BFF :

Sixtine, qui devait bouillir depuis l'annonce de mon association avec Léo pour les décors, a remis la conversation « création de groupe » sur le tapis. À coup sûr, elle cherchait comment modifier le casting.

Sixtine – Il nous reste cinq minutes avant le début des ateliers, on essaie de trouver notre idée ?

Thelma – On n'est pas obligés de tout trouver aujourd'hui. On doit s'occuper des décors, des costumes et de la musique, c'est déjà pas mal. L'idée germera peut-être en cours de travail.

Léo – Thelma a raison, avançons déjà là-dessus.

Lucie – Oui, prenons notre temps.

Esteban – On en reparle samedi, ça permettra à chacun de réfléchir.

GUERRE DES FILLES JALOUSES

Sixtine : 0 point
Thelma : 1000 points

Sixtine – O.K., mais c'est parce que j'avais une idée...

Josh – Eh bien, propose-la, on ne sait jamais !

Sixtine a pris une longue inspiration, histoire de garder un peu plus longtemps les regards braqués sur elle.

Sixtine – Alors voilà...

La peste, dans le plus grand rôle au théâtre depuis Sarah Bernhardt, a levé les yeux au ciel comme si l'inspiration lui venait directement d'en haut. Elle a répété « alors voilà » pour donner du poids à chacun de ses mots.

Le saviez-vous ?

Rosine Bernard, « dite Sarah Bernhardt », est née en octobre 1844 à Paris et est morte le 26 mars 1923. Elle est considérée comme l'une des plus grandes tragédiennes françaises et la première star internationale à avoir fait des tournées triomphales dans le monde entier. Victor Hugo la surnommait « la Voix d'or », et Jean Marais avait inventé pour elle l'expression « Monstre sacré » !!! C'est dire...

Sixtine – Alors voilà, puisque nous voulons mettre en évidence la ville paranoïaque qui observe tout et tout le monde, ça serait intéressant que les deux personnages principaux forment un couple amoureux qui représente la liberté.

Il ne m'a pas fallu un dixième de seconde pour comprendre ce qu'elle manigançait. La voilà, sa vengeance, tandis qu'elle me laissait être petite main pour les décors, elle s'octroyait le rôle de Juliette dans notre superproduction. Inutile de lui demander qui elle prévoyait dans le casting pour jouer Roméo.

Je me souviens d'une fois, à la maternelle, où une fille m'avait pris mon pot de peinture bleue au moment où j'allais peindre un magnifique ciel. Ça m'avait rendue dingue, et au lieu de lui demander gentiment, je m'étais jetée sur elle pour qu'elle me le rende. La voleuse l'avait protégé comme si c'était un trésor inestimable. Qu'à cela ne tienne, j'avais désincarcéré mon pot de peinture de ses mains et, pour la faire lâcher plus vite, je lui avais arraché une touffe de cheveux. Cette agression m'avait valu une visite dans le bureau de la directrice, qui m'avait grondée, et une chez la pédopsychiatre, qui m'avait parlé de la mort de Maman et de la colère que j'avais en moi. Ensuite, j'avais dû présenter mes excuses et jurer de ne pas recommencer.

J'avais alors quatre ans, et je saisissais aujourd'hui seulement qu'il y a des promesses très difficiles à tenir...

Vous comprenez maintenant le lien entre mon pot de peinture bleue et Léo dans le rôle de Roméo ?

Oui, je sais, j'ai seize ans et un minimum de maîtrise de mes émotions, mais quand même. J'ai respiré profondément pour ne pas céder à la tentation de l'arrachage des yeux, tandis que Sixtine continuait avec son air de fille inspirée par les dieux.

Sixtine – Un couple qui symboliserait une humanité consciente des dangers de cet hyper flicage, et qui se battrait contre la loi injuste.

Lucie, qui était restée debout, s'est assise près de moi. Elle n'a rien dit, mais elle a exercé une légère pression sur mon bras, histoire de m'inviter à me calmer. Elle a dû être surprise par la consistance totalement « bétonnée » de mes muscles.

Léo – Pas mal, ton idée... Deux personnages sur scène, donc ?

Sixtine – Oui, seulement deux !

Léo – Pourquoi pas... Vous en pensez quoi, les autres ?

En ce qui me concernait, il valait mieux que je ne réponde pas à la question.

Esteban – Je ne suis pas contre...

Josh – Moi non plus...

Léo – Et toi, Lucie ?

Ma BFF a souri.

N'imaginez pas le sourire de la fille qui accueille avec bienveillance votre proposition, non, c'était plutôt celui du diable au moment où vous signez le pacte qui va vous réduire à néant. Il était clair que les minutes suivantes allaient être éprouvantes pour la pauvre Sixtine. J'en avais déjà presque de la peine pour elle.

Sixtine – Alors Lucie, ça te plaît ?

Lucie – C'est une excellente idée.

J'ai failli mourir étranglée. Mais pourquoi Lucie a-t-elle répondu une chose pareille ? N'a-t-elle pas compris le stratagème honteux de la peste ?

Même Sixtine n'en a pas cru ses oreilles.

Sixtine – Vraiment ?

Lucie – Absolument, Josh et toi ferez un couple libre et heureux tout à fait crédible : lui jonglant et toi dansant, pas un mot prononcé... Défiant la loi simplement en étant ce que vous êtes ! La *free attitude*. Ça va être génial...

Et, avant même que Sixtine ne lui oppose quelque chose, ma BFF a ajouté :

Lucie – Léo et Thelma pour les décors, Esteban à la musique, moi pour les costumes, il ne manquait plus qu'un rôle pour vous deux. Tout cela me semble parfait, non ?

Et alors qu'on approuvait ce plan à l'unanimité (eh oui, même Sixtine avait bien été obligée d'accepter Josh dans le rôle de Roméo, au risque, en s'y opposant, de passer pour une manipulatrice), les jumeaux sont arrivés en courant. Ils ont hurlé :

Max et Tobie – Lucie, on a une surprise pour toi !
Lucie – Ah oui ?!?
Max et Tobie – Raphaël a dit qu'il allait nous apprendre à jouer aux échecs pendant que tu irais à ton atelier parce que tu ne dois pas le rater.
Lucie – C'est qui ça, Raphaël ?
Max et Tobie – C'est le papa de Van Gogh.

On a tous tourné la tête vers le bureau d'Angelmann. Le directeur se tenait debout, près de la porte, et veillait de loin sur nous tous.

Léo a murmuré :

Léo *– Big boss is watching you…*

Esteban lui a répondu :

Esteban – C'est pas *big boss is watching you*, tu te trompes… C'est *Angel is protecting us*. Dans Angelmann, il y a Angel… Et il porte bien son nom.

Oui, Esteban avait raison. Angelmann portait bien son nom… La vie au Repère 17 s'annonçait, pour aujourd'hui et pour demain, sous les meilleurs auspices. Lucie ne raterait pas l'atelier auquel elle tenait tant, j'allais commencer les décors avec Léo, mais surtout, surtout, Sixtine, qui s'était crue plus maligne que moi, s'était piégée toute seule. Et l'idée qu'elle ne puisse plus rien y changer me remplissait de joie.

SINON, POUR LE SPECTACLE, J'AI PEUT-ÊTRE UNE AUTRE IDÉE...

Épisode 4

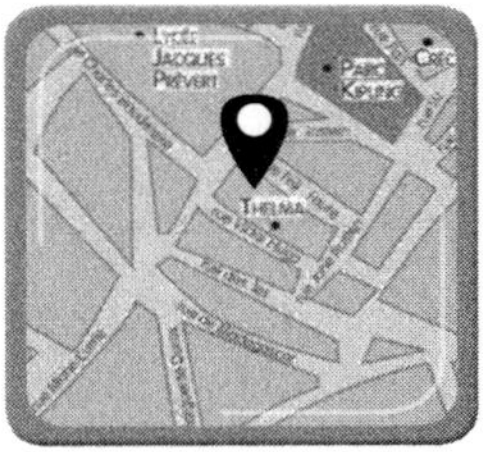

Ça faisait plus d'une heure que j'étais enfermée dans ma chambre quand Lou, ma petite sœur, m'a crié à travers la porte :

Lou – Lucie est arrivée !!! Je lui ai raconté que tu t'étais disputée avec papa et que tu faisais du boudin sur ton lit. Tu peux sortir, maintenant qu'elle est là ?

Thelma – Non…

Lou – Et Lucie, elle a le droit d'entrer dans ta chambre ?

Thelma – Elle, oui…

Lou – Alors je vais lui dire.

J'ai entendu Lou courir jusque dans le salon et lancer à Lucie :

Lou – Toi, t'as le droit d'aller dans sa chambre. T'as trop de la chance !

Lucie – J'espère bien qu'elle va m'ouvrir sa porte ! Il ne manquerait plus que ça, qu'elle m'empêche d'entrer.

J'ai collé mon oreille à la porte pour mieux écouter la suite. Je n'ai pas été déçue. Mon père a aussitôt commenté :

Papa – Eh bien bon courage, Lucie, j'espère que tu auras plus de chance que moi pour discuter avec elle. Elle est infernale !

Lucie – Vraiment ?

Papa – Ah oui, elle a été odieuse tout à l'heure. Tout ça parce que j'ai osé demander à la demoiselle de nous accompagner à la campagne chez nos amis. Tu parles d'une demande inconsidérée ! Vous êtes en vacances pour deux semaines juste après, ça ne lui coûtait pas grand-chose de consacrer un week-end à sa famille. Eh bien non, ça l'a mise dans tous ses états… Il paraît que je ne pense qu'à moi, que je ne respecte pas sa vie privée, que je suis un père encombrant… Tu trouves normal de dire cela à son père, toi ? Non mais franchement ! Tu te permettrais une chose pareille, toi ?

Lucie n'a pas répondu à la question… Mais était-ce vraiment une question ?

Mon père a repris sa litanie du géniteur merveilleux qui se sacrifie pour sa fille ingrate.

http://www.facebook.com

Thelma :
Lis ça Lucie, on dirait mon père quand il se la joue « je me sacrifie pour mes enfants !!! ».

Lorsque le pélican, lassé d'un long voyage,
Dans les brouillards du soir retourne à ses roseaux,
Ses petits affamés courent sur le rivage
En le voyant au loin s'abattre sur les eaux.
Déjà, croyant saisir et partager leur proie,
Ils courent à leur père avec des cris de joie
En secouant leurs becs sur leurs goitres hideux.
Lui, gagnant à pas lents une roche élevée,
De son aile pendante abritant sa couvée,
Pêcheur mélancolique, il regarde les cieux.
Le sang coule à longs flots de sa poitrine ouverte ;
En vain il a des mers fouillé la profondeur ;
L'Océan était vide et la plage déserte ;
Pour toute nourriture il apporte son cœur.
Sombre et silencieux, étendu sur la pierre
Partageant à ses fils ses entrailles de père,
Dans son amour sublime il berce sa douleur,

Et, regardant couler sa sanglante mamelle,
Sur son festin de mort il s'affaisse et chancelle,
Ivre de volupté, de tendresse et d'horreur.
Mais parfois, au milieu du divin sacrifice,
Fatigué de mourir dans un trop long supplice,
Il craint que ses enfants ne le laissent vivant ;
Alors il se soulève, ouvre son aile au vent,
Et, se frappant le cœur avec un cri sauvage,
Il pousse dans la nuit un si funèbre adieu,
Que les oiseaux des mers désertent le rivage,
Et que le voyageur attardé sur la plage,
Sentant passer la mort, se recommande à Dieu.

Alfred de Musset, *La Nuit de mai,* 1835

J'aime **Commenter** **Partager**

...

Lucie :
C'est super beau !

Thelma :
Tu trouves ??? Moi, je trouve ça horrible, ce père qui file à bouffer ses entrailles à ses enfants parce qu'il n'a rien d'autre à leur donner.

Lucie :
Il les aime plus que sa propre vie, je trouve ça merveilleux. C'est pas mon père qui ferait une chose pareille...

Papa – Je ne comprends pas… Je fais tout pour lui faire plaisir, je m'arrange pour satisfaire la moindre de ses demandes, et voilà le résultat !

À la façon des psychanalystes dans les séries américaines, Lucie a prononcé un « hum hum… » qui a relancé mon père illico.

Papa – Après tout, j'aurais pu aussi décider de partir après ses cours au lycée pour profiter de l'après-midi chez mes amis. Mais non… J'ai pris en compte les activités de mademoiselle au Repère 17.

Lucie – Hum hum…

Papa – Tu veux que je te dise une chose, Lucie ? Moi, je n'aurais jamais osé me conduire comme ça avec mon père. De toutes les façons, il ne m'en aurait pas laissé l'occasion. Chez mes parents, les enfants obéissaient, un point c'est tout.

Il est peut-être là, le problème… À force d'obéir, il a oublié d'être lui-même !

Papa – Je vais te raconter ce qu'a fait mon père, un jour où je suis rentré d'une soirée à 3 h du matin, alors que j'avais promis d'être là à une heure maximum.

Oh non, pitié ! On va avoir droit à mon grand-père fermant la porte et laissant la clé dans la serrure pour empêcher son fils d'entrer en plein milieu de la nuit. Je ne sais pas combien de fois dans ma vie j'ai eu le droit au récit de ma grand-mère implorant son mari d'être plus clément et à la détermination sans faille de l'Homme, laissant son fils dormir sur le paillasson.

La pauvre Lucie, elle aussi, a dû entendre cette histoire au moins dix fois. Mais elle n'a rien dit.

Papa – J'avais dix-sept ans et j'avais été invité à une soirée chez mon ami Vincent. Nous étions à trois mois du bac et…

Bon, je vous épargne la énième version de la soirée folle de mon père dans la mesure où il n'y a plus de suspens : vous connaissez déjà la fin. *A priori*, il en est toujours totalement traumatisé puisque trente ans plus tard il raconte encore son épopée avec des trémolos dans la voix.

Lucie a attendu la fin de l'histoire et a commenté de façon toujours aussi neutre :

Lucie – Hum hum…

Mon père a continué un long moment sur le même ton puis il a conclu :

Papa – Et au petit matin, quand il a enfin ouvert la porte, je suis entré l'air penaud et je lui ai présenté mes excuses.

Lou, qui écoutait très attentivement son papa chéri depuis le début, est intervenue :

Lou – T'aurais pas dû, papa ! T'aurais dû t'en aller et le laisser te chercher comme un fou…

J'ai ri toute seule sur mon lit. Telle sœur, telle sœur…

Qualis pater, talis filius:
proverbe latin que l'on peut traduire par
« tel père, tel fils ».
Cela signifie qu'on hérite des qualités
et des défauts de ses parents.
Une autre expression française
veut dire la même chose :
« Les chats ne font pas des chiens. »
Et vous, dans quel domaine peut-on dire
en vous regardant avec vos parents :
qualis pater, *talis* filius ???

Le contenu révolutionnaire de la remarque de Lou n'a pas échappé à mon père. Il a dû sentir la contagion gagner le petit peuple et le bruit de la guillotine s'abattre sur sa nuque.

Papa – Comment ça, j'aurais dû m'en aller ??? C'est tout ce que tu trouves à dire ? Je désobéis à mon père et en plus, j'ose m'en aller pour le punir ?

Lou – Oui ! Il méritait d'être puni pour avoir été un papa aussi méchant avec mon papa.

Papa – Il n'a pas été un méchant papa, il a été un père sévère, mais juste.

Lou, courageuse, a continué le combat. Je l'ai imaginée un instant, forçant les grilles de Versailles pour faire tomber la monarchie absolue.

Aïe !!! Question minée… Soit il répond « oui » pour donner raison à son père et passe lui aussi pour un tortionnaire, soit il avoue qu'il ne pourrait jamais agir de la sorte avec Lou et désavoue son propre père. Je crois que nous sommes en plein choix cornélien !

Le saviez-vous ?

Le choix ou le dilemme cornélien est
une expression française qui signifie que l'on doit
choisir entre deux valeurs, choses, personnes aussi
importantes l'une que l'autre.
Bref, un choix impossible !!!
Exactement comme le pauvre Rodrigue
dans *Le Cid* de Corneille quand il doit choisir
entre venger l'honneur de son père
(et tuer le père de Chimène) ou plaire à Chimène
(en ne tuant pas son père à elle, mais en laissant
l'honneur de son père à lui impuni).
La cata, quoi ☺

Lucie a profité du bug pour filer discrètement et me rejoindre dans ma chambre. Dès qu'elle est entrée, je lui ai demandé :

Thelma – Ça va, t'as survécu à l'agité du salon ?
Lucie – Oui… Et toi ?
Thelma – Je suis au bord de la crise de nerfs…

Ça fait plus d'une heure qu'il me harcèle pour que je vienne à la campagne avec eux. Il ne comprend pas que je n'en veux pas de son week-end pourri avec les moutons.

Lucie – Et qu'est-ce que tu proposes ?

Thelma – Rester ici.

Lucie – Toute seule ?

Thelma – Oui… C'est bon, je peux dormir une nuit sans Papa et Delphine. Je n'ai pas peur de me faire manger par le Grand Méchant Loup.

Lucie a souri.

Lucie – Surtout si le Grand Méchant Loup en question a un regard de braise et un Eastpack avec un œil de cyclope dessus.

Plan top secret élaboré.
Ne pas lire sous peine de sanctions sévères.

1- Refuser d'aller chez les Allard à la campagne quand Papa va me demander à quelle heure ils doivent passer me prendre au Repère 17.

2- Supporter bravement la crise provoquée pour les voir partir sans moi et obtenir de rester seule à la maison samedi nuit (obtenir de Lucie qu'elle me serve d'alibi).

3- Tester discrètement Léo quand on sera en train de peindre le décor pour savoir ce qu'il fait le soir même. S'assurer qu'il est libre et si c'est le cas, proposer à toute la bande de faire une petite soirée sympa à la maison pour discuter de notre spectacle (toute la bande sauf Black Swan).

4- Donner rendez-vous à tout le monde à 21 h 30 MAIS me « tromper » en donnant rendez-vous à 20 h 30 à Léo (soit une heure seule avec lui dans un appartement désert avec musique d'ambiance et ma nouvelle petite jupe froufroutante spéciale héroïne de manga).

5- Embrasser Léo et lui proposer de le voir pendant les vacances de la Toussaint en dehors du Repère 17, même si on doit quand même tous se voir la deuxième semaine là-bas pour continuer à préparer notre spectacle.

Lucie – Et à quel moment comptes-tu me demander de te servir d'alibi pour forcer la main à ton père ?

Thelma – Toi ? Comme alibi ? Mais pas du tout…

Comme je rougissais à la vitesse d'une tomate cerise sous UV, Lucie a éclaté de rire :

Lucie – C'est bon, Thelma, inutile de me poser la question, je suis d'accord pour être ton faux témoin !

Thelma – Détrompe-toi… Je n'avais pas l'intention de te demander quoi que ce soit…

Lucie – Ah oui ? Pas même une jolie ceinture obi pour mettre avec ta nouvelle robe noire ?

Le saviez-vous ?

Au Japon, on ferme son kimono avec une obi : c'est une bande de tissu nouée sous les bras qui sert de ceinture. On la porte avec, aux pieds, des *tabi* (des socquettes de coton) et des *geta* (sorte de tongs en bois découpé).

Dans une autre vie, rappelez-moi de choisir une meilleure amie stupide, insensible, et sans aucune capacité à anticiper.

Lucie – Si tu veux, pour une occasion pareille, je peux même te fabriquer un petit sac à main en toile dans le même tissu que ta ceinture obi!

Là, impossible de jouer la fille qui ne comprend pas de quoi on parle... J'ai dit sans aucune retenue:

Thelma – Oh oui!!! Ça serait super beau...

On a tambouriné à la porte de la chambre. J'ai crié d'un ton revêche, histoire de dissuader l'indésirable (sans aucun doute mon père revenant à la charge):

Thelma – C'est qui?

Lou a chuchoté:

Lou – C'est moi... J'ai espionné Papa et Maman, si tu veux, j'ai de nouvelles informations.
Thelma – O.K, entre...

Je n'ai pas eu besoin de l'en prier deux fois. Lou a atterri sur mon lit dans la seconde qui a suivi. Elle nous a chuchoté, avec l'air d'une espionne russe durant la guerre froide:

Lou – Maman a réussi à convaincre Papa de ne pas te faire venir à la campagne.

Ce qui est formidable avec Delphine, c'est que tu ne l'entends pas beaucoup, elle ne se mêle jamais des discussions entre mon père et moi, mais elle arrive toujours à trouver une solution qui convient à tout le monde.

Même si je suis parfois désagréable avec elle, parce qu'elle me fait des remarques sur ma consommation excessive d'Oreo tout chocolat, l'état de la salle de bains après ma douche, ou sur ma fâcheuse tendance à venir à table deux heures après qu'elle m'a appelée, elle est une des personnes qui compte le plus pour moi.

Bien sûr, elle n'est pas ma mère, mais elle est entrée dans la vie de mon père, et donc dans la mienne, quand j'avais trois ans. Depuis, même si je ne le lui dis pas, je l'aime. D'ailleurs, avant elle, je ne me souviens de rien.

Lou – Alors, t'es contente de ne pas aller chez les Allard ???

Thelma – Yes !!!
Lou – Je peux rester dans la chambre avec vous ?
Thelma – Seulement cinq minutes, après tu dégages ! Lucie et moi, on doit parler de choses que tu ne peux pas entendre.

Ma petite sœur m'a regardée en tordant la bouche d'un côté et de l'autre, comme lorsqu'elle hésite à dire quelque chose.

Avant même que Lucie ou moi-même réagissions à la question, elle a ajouté :

Lou – Je sais très bien comment on fait...
Lucie – Comment on fait quoi ?

Lou a pris son air de fille totalement libérée, ce qui, du haut de ses sept ans, prêtait plutôt à rire, et nous a confié :

Lou – Avec Victoire, on a vu un tuto sur le Net.

J'ai regardé Lucie, effarée. Mais c'est quoi cette génération qui regarde à sept ans un tutoriel sur l'ordi parental pour voir comment on embrasse un garçon avec la langue? Je n'ai pourtant que seize ans, mais j'ai déjà l'impression d'être une vieille dame à côté de cette génération-là. C'est plus du 2.0, c'est de la science-fiction! Mon père ferait mieux de surveiller Lou au lieu de s'acharner toujours sur moi.

Lou a commenté sa dernière remarque:

Lou – J'ai trouvé ça dégoûtant…
Lucie – Ah oui, pourquoi?

Ma petite sœur a balancé tout de go:

Lou – Parce que la fille mettait sa langue dans une tomate.
Thelma – DANS UNE TOMATE???? Elle embrassait une tomate???
Lou – Oui…
Thelma – Mais pourquoi une tomate???
Lou – Je ne sais pas…

Lucie n'a fait aucun commentaire sur l'union bizarre entre une fille et une plante herbacée de la famille des solanacées, mais à sa tête, j'ai compris qu'elle était aussi catastrophée que moi.

Je lui ai chuchoté:

Thelma – Il faudrait leur supprimer Internet à tous ces petits, là, tu ne crois pas ?

Lucie – C'est vrai qu'entre les faux symptômes de l'angine et les tutos *french kiss*, ça commence à devenir inquiétant.

Thelma *(chuchotant toujours)* – Une fille qui embrasse une tomate, c'est vraiment n'importe quoi !

Lucie – Ouais... Enfin, pas plus que les histoires où les filles embrassent un crapaud qui se transforme en prince.

Thelma – Ah ben moi, je préfère embrasser un crapaud !

Lucie – Parce que tu as l'espoir qu'il se transforme en beau gosse, mais dans la mesure où ça n'arrive jamais, il vaut mieux se rabattre sur une tomate. Il y a moins de déceptions...

Maxime écrite et répétée souvent par Lucie :

> Dans les contes de fées,
> il arrive souvent que,
> lorsqu'on embrasse un crapaud,
> il se transforme en prince.
> Dans la vie, c'est le contraire...
> Quand tu embrasses un prince,
> il y a de grandes chances
> pour qu'il se transforme
> en crapaud...

En grande sœur responsable, mais surtout en fille super curieuse, j'ai demandé à Lou de nous montrer le fameux tuto sur le baiser sur mon ordinateur. Lucie a semblé elle aussi intéressée par les amours interdits de la fille et de la tomate.

Le tuto en question était en fait une émission d'éducation sexuelle sur une chaîne norvégienne, destinée aux enfants de huit à treize ans. Je ne sais pas comment ils élèvent leurs enfants, en Norvège, mais au risque de passer pour une fille coincée, je n'ai pas supporté de regarder plus de deux minutes une grande brune expliquant face caméra comment remuer sa langue dans la bouche de son lover – lover remplacé pour l'occasion par une tomate bien mûre.

Lucie, au bord du fou rire, a quand même réussi à prononcer avec beaucoup de sérieux :

Lucie – Lou, je crois que cette émission n'est pas de ton âge…

Et comme la grande brune de la télé annonçait qu'elle allait expliquer maintenant comment faire l'amour avec un garçon, je me suis dépêchée de rabattre le clapet de mon ordi. Il était hors de question de voir par quoi elle avait remplacé son fiancé cette fois-ci.

Lou, que rien ne déroute, a reposé sa question initiale :

Lou – Alors, vous allez embrasser des garçons, vous aussi ? C'est ça, votre secret que vous ne voulez pas dire devant moi ?

Thelma – Pas du tout... Nous devons parler du lycée ! Je te rappelle que nous ne sommes pas en CE1, nous ! Nous sommes au lycée et nous passons le bac français...

Ma petite sœur a regardé Lucie. Quand elle sent que je lui mens, Lou vérifie la véracité de mes dires auprès de ma meilleure amie. Dans la mesure où Lucie a une sainte horreur du mensonge et qu'elle n'a pas peur de parler cash, quitte parfois à blesser l'autre, elle est évidemment plus digne de confiance que moi.

Lou – C'est vrai, Lucie ?

Lucie – En partie, oui...

Lou – Et l'autre partie, c'est quoi ?

Lucie – Je pense que cela ne te regarde pas et qu'il serait temps que tu retournes dans le salon.

Ce dernier échange illustre parfaitement ce que je tentais de vous expliquer à propos de ma BFF : pas de mensonge, mais une façon directe de s'adresser à l'autre !

Une fois Lou partie, j'ai soumis à Lucie mon plan top secret dont le nom de code était « Opération love+++ ». Oui je sais, le nom n'est pas d'une originalité folle, mais l'objectif est très explicite.

Thelma – Alors, tu en penses quoi, de ma stratégie ?

Lucie – C'est pas mal, même si certains points sont à revoir…

Thelma – Comme quoi ?

Je savais, en posant la question à Lucie, quel « premier point » elle allait soulever. Un point qui pesait moins de 45 kilos et avait les cheveux blonds.

Lucie – Il n'y a aucune raison de ne pas inviter Sixtine.

Lucie – Ça, j'avais compris…

Avis à mes lectrices :

J'ai un carnet dans lequel je dresse des listes de tout et de n'importe quoi. Liste des choses que j'aime, des raisons de se lever le matin, de porter du jaune, de regarder le ciel à l'envers, de prendre le bus, de boire un Coca au distributeur, de dormir la tête vers la porte, d'écrire les corrections en violet pour mes devoirs de maths… Bref, des listes invraisemblables que je ne montre jamais, mais là, je vous montre !

Liste des raisons pour lesquelles
je déteste Sixtine :

1- son poids plume (pas un gramme de ventre ou de hanche) ;
2- sa culture générale (Balzac par-ci, Mozart par-là...) ;
3- ses voyages autour du monde (« Quand j'étais à New York avec Daddy... », « Quand j'ai visité Tokyo avec Mum... ») ;
4- ses longs cheveux blonds (façon « parce qu'elle le vaut bien » !) ;
5- son odeur de gâteau à la vanille (à vous rendre addict au sucre) ;
6- son rire en cascade (« Ah, je ris de me voir si belle en ce miroir ! »...) ;
7- ses yeux bleu océan (à côté, le Pacifique est d'un bleu super pâle) ;
8- ses cache-cœurs qui soulignent des seins parfaits (arghhhhhhh !!!) ;
9- JE LA DÉTESTE TOUT SIMPLEMENT PARCE QUE C'EST ELLE !!!!

Lucie – Même si tu la détestes, tu dois l'inviter. Si la raison officielle de ton dîner est la préparation de notre spectacle, de quel droit déciderais-tu de la présence de l'un ou de l'autre d'entre nous?

Thelma – Du droit que je la déteste.

Lucie – O.K.... Pourrais-tu débugger vingt secondes, histoire d'imaginer un plan plus intelligent ?

Thelma – Top chrono...

En réalité, il a fallu moins de vingt secondes à Lucie pour me faire admettre que je devais inviter la peste. Je le savais déjà !

Thelma – Bien, maintenant que je t'ai concédé la venue de Black Swan, quel est le deuxième point à revoir dans mon plan ?

Lucie – Je pense que tu dois être beaucoup plus subtile si tu veux te retrouver seule avec Léo. Te « tromper » en lui proposant de venir une heure avant les autres, c'est trop gros.

Thelma – Alors, je fais comment ?

Lucie – Je ne sais pas... Il faut réfléchir.

Notre réflexion a été interrompue par l'arrivée de mon père dans ma chambre. Il avait l'air du DRH d'une grande entreprise qui vient annoncer fièrement à un de ses employés qu'il a sauvé son poste. Évidemment, il n'a pas avoué tout de suite qu'il accédait à ma demande, il l'a joué super négociateur. On aurait dit Lou quand elle se croit transparente mais que tout le monde a vu clair dans son jeu.

Papa – À propos de ce week-end, j'ai réfléchi et j'ai une proposition à te faire.

Thelma – Ah oui, laquelle ?

Papa – Je serais éventuellement d'accord pour que tu restes ici à deux conditions. La première, c'est bien sûr que Lucie dorme là.

Lucie – Vendu…

Papa – Bien ! La seconde est que tu acceptes de déjeuner durant les vacances avec Papy et Mamy Mouche. Tu leur manques beaucoup…

Et voilà comment me vendre un repas avec mes grands-parents maternels… J'adore Papy et Mamy, mais ils me stressent, c'est pour ça que je les évite depuis quelque temps. Je vois bien que lorsqu'ils me regardent, ce n'est pas moi qu'ils voient, c'est Maman, et d'une certaine manière, ils m'aiment pour deux.

J'ai fait semblant de réfléchir avant de répondre à mon père pour le laisser croire qu'il n'en sortirait pas vainqueur aussi facilement, mais au fond de moi, je savais déjà que j'allais accepter.

Papa – Alors ?

Thelma – C'est d'accord !

Papa – Parfait… Je t'appellerai ce soir pour voir si tout va bien.

Papa est sorti de la chambre avec la satisfaction d'avoir été un père exemplaire qui sait comment agir avec une ado rebelle.

À peine a-t-il fermé la porte derrière lui que Lucie a murmuré :

J'ai aussitôt regretté mes paroles.

En matière de père, ma meilleure amie a vraiment de quoi se plaindre. Elle ne voit presque plus le sien, lequel s'arrange pour annuler chaque week-end les rendez-vous prévus avec ses enfants. Je sais bien que Lucie en éprouve du chagrin, même si elle n'exprime que de la colère.

Dimanche soir, elle m'a encore dit, folle de rage, au téléphone :

Lucie – Tu n'imagines pas à quel point je le méprise. Lorsque je vois les jumeaux courir vers le téléphone quand il appelle, et leur regard triste quand il leur annonce qu'une fois de plus il ne peut pas venir parce qu'il a du boulot, j'ai envie de le flinguer. Du boulot, tu parles ! C'est juste un lâche qui n'a pas envie d'avoir de problèmes avec sa nouvelle femme et qui préfère oublier qu'il a eu des enfants avant de la rencontrer. J'espère qu'un jour il se retrouvera tout seul, et crois-moi, je ne serai pas là pour lui.

Ce n'était pas la première fois que Lucie tenait ce genre de discours sur son père et sur le sexe masculin en général. Même si elle est déjà sortie avec des tas de garçons depuis la troisième (toujours des élèves de terminale), elle n'a jamais été vraiment amoureuse. Elle se méfie tout le temps.

Exactement le contraire de moi. Je n'ai pas eu beaucoup de petits copains, mais en revanche, je *fall in love* à chaque fois qu'un beau brun passe dans le coin !

Alors que je cherchais comment éviter de développer le sujet « un père et manque », Lucie m'a dit en regardant son portable :

Lucie – On est super en retard pour le Repère 17, il faut y aller !

Thelma – Alors on y va !

Je vous passe les recommandations d'usage de mon père au moment où je passais le seuil de la maison.

J'imagine que vous connaissez la to do list par ♡ :

1- Tu ne laisses entrer personne dans la maison.

Sous-entendu, tu n'organises pas une fiesta dès que j'ai le dos tourné. Dans le cas présent, c'est loupé !!!

2- Tu fermes la porte à clef avant de dormir et tu mets l'entrebâilleur.

Comme si on avait l'intention de laisser la porte ouverte pour que le premier psychopathe venu nous découpe à la tronçonneuse.

3- Tu réchauffes les repas que je t'ai laissés dans le frigo au micro-ondes.

Des trucs dégueus et équilibrés, plus exactement équilibrés donc dégueus. Donc direct à la poubelle !!!

4- Tu réponds quand je t'appelle.

En d'autres termes, je continue à te fliquer... Je suis peut-être loin, mais je peux surgir à n'importe quel moment dans ta life donc tiens-toi prête...

5- Je t'ai laissé les numéros de SOS médecins, des pompiers et de la police sur la table, on ne sait jamais.

Oui, et pourquoi pas du GIGN, ça peut être utile en cas d'attaque extraterrestre.

6- ...

7- ...

J'ai laissé quelques items vides pour vous permettre d'y inscrire les recommandations auxquelles vous avez personnellement eu droit. En fonction des névroses familiales, c'est variable.

Ça peut aller de « n'oublie pas de mettre un tapis de bain quand tu sors de la douche, il y a beaucoup d'accidents domestiques » à « n'allume pas de bougies, un collègue a retrouvé son appartement en cendres parce que sa fille avait oublié d'éteindre une bougie au lilas », en passant par « prends l'ascenseur au lieu de passer par l'escalier quand tu sors ».

J'ai donc écouté la check-list paternelle au grand complet avec l'air de la fille qui enregistre religieusement chacune des informations, tandis qu'au fond de moi, je dansais déjà la salsa* dans les bras de Léo au milieu du salon.

*Pour info, je ne danse pas la salsa !

Delphine m'a souhaité un bon week-end et m'a murmuré au moment où je passais devant elle : « Prends soin de toi et ne précipite rien. Quand tu sentiras que c'est le moment avec lui, alors ce sera le bon moment. »

Je l'ai regardée, ébahie, elle m'a souri comme si de rien n'était. Elle a semblé tellement naturelle que je me suis demandé si je n'avais pas rêvé.

Une fois dans la rue, j'ai raconté à Lucie ce qu'avait dit Delphine, elle n'a pas semblé étonnée.

Lucie – On voit bien qu'elle capte tout mais que, par délicatesse, elle ne veut pas se mêler.

Thelma – Oui…

Lucie – Si mon père avait pu rencontrer une femme comme elle au lieu de se prendre Le Colonel.

« Le Colonel », c'est le surnom que Lucie a donné à la nouvelle femme de son père. Vu comment monsieur lui obéit le doigt sur la couture du pantalon, c'est un surnom très largement mérité…

Le saviez-vous ?

Le doigt sur la couture du pantalon

Cette expression fait référence à la position du soldat au garde-à-vous lorsqu'il veut manifester du respect au supérieur qui est devant lui : il se tient droit, les bras le long du corps et un doigt sur la couture latérale du pantalon de l'uniforme.
Mais pourquoi ne dit-on pas « les doigts sur la couture du pantalon » ? Le soldat a bien deux bras, deux mains et deux jambes recouvertes par le pantalon ? Eh bien, c'est parce que seul un doigt se trouve au contact du pantalon, l'autre main étant au niveau de la tempe, occupée à saluer le supérieur.
Par extension, cette expression veut dire « obéir, avoir une attitude respectueuse ».

Thelma – Allez, on arrête de parler de nos familles, ça nous rend tristes !

Lucie – Tu as raison : parlons garçons, c'est beaucoup mieux… Ça nous permettra de choisir la personne qui va nous abandonner et nous faire pleurer !

Thelma – Mais tu es horrible !!!

Lucie – Non… Juste réaliste…

J'ai éclaté de rire.

Thelma – Ma Lulu, tu ne vois pas que c'est beau, l'amour ??!!!

Lucie – Ah oui ??? Tu préfères quoi ? Le côté chamallow des débuts ou le parfum cyanure de la fin ?

Thelma – Pourquoi veux-tu qu'il y ait une fin ?

Lucie – Tu veux une liste de raisons ?

Thelma – Non merci ! Je préfère rester avec mes rêves !

Léo avait commencé à coller des feuilles sur de grands cartons quand nous sommes arrivées au Repère 17. En m'apercevant il a crié :

Léo – Ah, Thelma, te voilà, j'avais hâte que tu arrives !

À ces mots, mon cœur a battu la chamade, j'ai chuchoté à Lucie :

Thelma – Tu vois : c'est beau l'amour !

Ma démonstration aurait pu être parfaite, s'il n'avait ajouté :

Léo – J'ai besoin de toi pour découper le papier sur les côtés, j'ai peur de faire une connerie si personne ne me tient les panneaux.

Amusée, ma meilleure amie s'est contentée de fredonner : « Un jour, mon prince viendra… ». J'ai immédiatement rétorqué :

Thelma – L'amour est fait de plein de petites choses. Avoir besoin de l'autre pour coller des papiers sur un carton, c'est un bon début.
Lucie – Si tu le dis…

S'apercevant que Lucie restait à l'observer, Léo lui a dit :

Léo – Angel t'a installé une machine à coudre dans la petite salle. T'as apporté le tissu blanc pour les tenues ?
Lucie – Yes !
Léo – Esteban répète dans la salle de piano, il a demandé que tu le préviennes quand tu arrives. Il veut t'aider.
Lucie – O.K. ! Et Sixtine et Josh, ils sont où ?
Léo – Ils ne répètent pas dans la cour ?
Lucie – On ne les a pas vus…

Léo – Ils y étaient il y a cinq minutes, pourtant. Ils ont dû aller balader Van Gogh. Bon, Thelma, tu fais quoi ? T'arrives ou pas ?

Thelma – Yes !!!

J'ai rejoint mon prince qui m'a aussitôt demandé de monter sur l'escabeau pour maintenir les panneaux du décor (heureusement que j'avais des collants sous ma robe) ! Debout à un mètre du sol, mèche au vent (oui, je sais, nous étions à l'intérieur et il n'y avait pas un souffle de vent, mais la vie mérite parfois qu'on l'enjolive un peu), j'ai eu envie de crier : « Je vole, Léo, je vole ! »

Je ne l'ai évidemment pas fait, j'ai le sens du ridicule.

De toutes les façons, même si j'avais récité les répliques de Titanic dans leur intégralité, ça n'aurait rien changé. Léo, hyper absorbé par son découpage minutieux, ne m'a absolument pas calculée. Il a même failli m'amputer d'un doigt pour éviter d'abîmer le papier.

Je cherchais un moyen de lui rappeler élégamment ma présence quand Sixtine et Josh sont arrivés. Je devrais plutôt dire, quand Sixtine et Josh, précédés d'un Van Gogh plus hystérique que jamais, sont arrivés. Notre mascotte préférée s'est précipitée pour nous saluer.

Seulement, quand un chien qui a l'énergie d'un kangourou sous Red Bull cherche à vous dire bonjour, ça relève plus du tsunami que de la gentille léchouille sur la main. Il a foncé sur l'escabeau et, n'ayant pas prévu la distance nécessaire de freinage, il m'a catapultée hors zone. J'ai fait un vol plané, accrochée au décor.

Il n'est déjà pas très agréable, dans la vie, de se retrouver les fesses par terre, mais quand en plus votre rivale éclate de rire en vous fixant, je peux vous assurer que c'est carrément insupportable.

Si en plus elle ajoute :

Sixtine – Oh, la tête que tu as faite quand tu es tombée, trop marrant… On aurait dit une vieille poupée *kokeshi*.

Vous avez carrément des envies de meurtre.

Le saviez-vous ?

C'est quoi une poupée *kokeshi* ?

Les *kokeshi* sont des poupées japonaises en bois représentant des petites filles. Elles étaient au départ des jouets constitués d'une tête et d'un corps cylindrique. Aujourd'hui, il existe au moins cent cinquante types de poupées *kokeshi* avec des kimonos dessinés très originaux. De nombreuses jeunes Japonaises essaient de se déguiser pour ressembler à ces poupées.

Pour couronner le tout, et afin de remporter le titre de la fille la plus grotesque dans le Guinness des records, j'ai eu droit à un démaquillage express de Van Gogh. Trop content d'avoir quelqu'un à la même hauteur que lui, le boulet s'est précipité pour me lécher consciencieusement le visage.

Léo et Josh sont venus à ma rescousse.

Josh – Doucement, Van Gogh, laisse-la tranquille... Mais il n'écoute vraiment rien !
Léo – Dégage, Van Gogh ! Quel abruti, ce clebs !... Il a flingué tous les décors...

... Et, accessoirement, mon genou gauche et mon coude droit !

M. Angelmann, alerté par le bruit, est sorti de son bureau et a accouru pour voir ce qui se passait.

Après avoir calmé son chien en un claquement de doigt (un hasard, je suppose... Van Gogh n'obéit à personne), il m'a demandé très gentiment :

M. Angelmann – Ça va, Thelma ?
Thelma – Je crois...
M. Angelmann – Vous avez mal quelque part ?

Thelma – Un peu au genou et au coude.

M. Angelmann – Vous permettez que je regarde ?

Et, joignant le geste à la parole, il a examiné mon bras et ma jambe pour voir si je ne m'étais rien cassé. Le voyant procéder avec une telle expertise, Léo lui a demandé :

Léo – Vous êtes médecin ?

M. Angelmann – Oui… Psychiatre, plus exactement.

Waouh, le scoop !!!

Je ne le jurerais pas, mais il m'a semblé que Léo a eu un mouvement de recul.

Angelmann a dû ressentir la même chose que moi parce qu'il a aussitôt ajouté en souriant :

M. Angelmann – Oui, je suis psychiatre, mais ça peut arriver à des gens très bien, vous savez…

Sa remarque n'est pas parvenue à faire sourire mon prince. Comme Angelmann avait fini de m'examiner, il a prononcé sur un ton tout à fait rassuant :

M. Angelmann – Rien n'est cassé, vous pouvez vous relever.

J'ai fait quelques pas en boitillant, histoire de justifier l'attroupement. Oui, parce qu'entre-temps, Colette et sa team de joueurs de bridge étaient aussi venus voir ce qui se passait et avaient largement commenté l'événement. J'avais eu droit à ce qui aurait pu m'arriver en tombant de mon escabeau (du cassage de jambe traditionnel au trauma crânien gravissime, j'ai tout entendu). Mais pourquoi les grands-parents adorent se faire peur avec les horreurs qu'on a heureusement évitées ?

Mon médecin personnel a personnellement interrompu la liste des catastrophes fantasmées avec sa ferme douceur habituelle.

M. Angelmann – Parfait... Nous allons tous pouvoir reprendre nos activités. Thelma, soyez prudente si vous devez remonter sur l'escabeau.

Aussitôt la team sénior et le directeur repartis, nous avons tous commenté la nouvelle :

#AngelEtSigmundFreudMêmeCombat

Josh – Alors ça, pour un scoop, c'est un scoop !
Thelma – Incroyable…
Sixtine – Moi, je m'en doutais un peu…

Mais bien sûr… Elle est tellement plus fine que nous ! Je n'ai pas pu m'empêcher de demander à Sixtine ce qui l'avait éclairée. Je n'aurais jamais dû. La peste a répondu avec l'air de l'experte qu'on interroge sur une question interplanétaire – que dis-je ? – intergalactique !

Sixtine – La façon qu'il a d'écouter, de ne pas juger, de fixer des règles sans en dévier et de laisser une liberté absolue de choix ensuite…

> *Se souvenir qu'il ne faut jamais laisser à cette fille la possibilité d'occuper l'espace, elle transforme toute réponse banale en événement mondain.*

Son analyse a été interrompue par un Léo agacé.

Léo – Moi, je trouve ça dégueulasse qu'il ne l'ait pas annoncé depuis le départ.

– Annoncé quoi ???

Je me suis retournée. Lucie, accompagnée d'un Esteban dans un remake de SOS Fantômes, nous a souri. J'ai éclaté de rire.

Thelma – T'es trop mignon comme ça…
Léo – Tu parles ! On dirait un membre du Ku Klux Klan…
Sixtine – N'importe quoi !
Thelma – T'es trop chou !

Même si j'ignorais ce qu'est le KKK, je n'ai pas demandé ce que c'était. Il n'était pas question de donner à la peste l'occasion d'étaler sa culture.

Le Ku Klux Klan,
appelé souvent par son sigle « KKK »,
est une organisation des États-Unis
qui prône la suprématie blanche.
C'est un groupuscule raciste, xénophobe
et classé à l'extrême droite. Ses membres
portent une grande robe blanche
et une cagoule pointue de la même couleur.

Lucie – Vous exagérez, je n'ai pas découpé une cagoule pointue… Et puis je vous rappelle que c'est vous qui vouliez qu'on ressemble à des fantômes. C'est le cas, non ?

Léo – Super réussi… Ça devient vraiment un cauchemar, ce Repère 17, entre les fantômes et les psys !

Lucie – Quel psy ?

Léo – Angelmann.

Esteban – Ah bon, il est psychiatre ? Comment vous le savez ?

Josh – Il nous l'a dit tout à l'heure quand Thelma est tombée de l'escabeau.

Lucie m'a regardée, inquiète.

Lucie – Tu es tombée de l'escabeau ?

Thelma – Oui, à cause de Van Gogh. Il m'a foncé dessus pour me dire bonjour et comme d'hab, il n'a pas su s'arrêter. Mais ça va, je ne me suis pas fait mal.

Lucie – C'est vraiment une plaie, ce chien…

Comme ma meilleure amie n'avait toujours pas réagi à la breaking news du jour :

DOCTEUR ANGELMANN IS A PSYCHIATRIST

Léo est revenu à la charge :

Léo – On s'en fout du chien ! Vous ne trouvez pas qu'il aurait dû nous prévenir qu'il était psychiatre ? C'est super chelou qu'il ne l'ait pas fait.

Josh – Ah oui, tu trouves ?!?

Lucie – Moi, je ne vois pas en quoi c'est louche... Et puis, qu'est-ce que ça aurait changé, si on l'avait su ?

Léo – On se serait inscrits en connaissance de cause.

Lucie – En connaissance de rien du tout... Angelmann a ouvert un centre entièrement dédié aux arts dans lequel chacun donne et reçoit. Point ! C'est tout ce qui est important. Le métier qu'il a exercé par le passé ou qu'il exerce encore aujourd'hui en dehors du Repère 17 ne nous regarde pas.

Sixtine – Je suis assez d'accord avec ça.

Josh – Moi aussi. Son métier n'interfère pas sur nos vies dans son centre. Il ne nous oblige pas à une thérapie avec lui. Pourquoi tu fais une fixette là-dessus ? C'est quoi ton problème avec les psychiatres ?

Léo, agacé par la question, a jeté par terre le rouleau de chatterton qu'il tenait à la main, on a tous sursauté. La remarque sur son rapport au psychiatre semblait l'avoir fait complètement disjoncter.

Léo – Mais je n'ai pas de problème avec les psychiatres, même si ce sont tous des tordus qui se croient plus malins que les autres et qui se mêlent de ce qui ne les regarde pas... Je m'interroge seulement sur les motivations d'un mec qui ouvre un centre d'art pour ados et qui a volontairement oublié de préciser son métier ! Vous ne voyez pas le problème ? Vous êtes vraiment des veaux, toujours prêts à gober ce qu'on vous balance, sans réfléchir.

Esteban, qui en temps normal apaise les tensions quand il y a conflit, a rétorqué au quart de tour :

Esteban – On n'est pas obligé non plus d'être parano en permanence...

On l'a tous regardé, étonnés par sa remarque. Il est devenu rouge tabasco. Trop mignon, le fantôme timide... Il a continué, mais il n'aurait clairement pas dû :

Esteban – C'est vrai, quoi... C'est bien d'être vigilant, mais tu n'es pas obligé de voir le mal partout. C'est déprimant, à la fin.

Léo – Oh, la pauvre petite chose qui déprime parce que le monde réel n'est pas celui des Bisounours ! Il va falloir t'endurcir, mon grand, au lieu de te balader en robe et de jouer ta musique de fillette en prenant des airs de diva. Désolé de t'annoncer que dehors, il y a des méchants qui n'aiment pas forcément les tapettes...

On a tous été glacés par les paroles de Léo, qui visaient sans aucune délicatesse les manières efféminées d'Esteban. On a beau être énervé, il y a des choses qui ne se disent pas.

Notre ami a d'abord encaissé l'affront, puis il a prononcé, la voix cassée :

Esteban – Apparemment, il n'y a pas que dehors qu'il y a des méchants… Il y en a un ici aussi.

Et il est parti. C'est Josh qui a réagi le premier. Il s'est d'abord adressé à Léo :

Josh – C'est vraiment nul ce que tu as balancé. Je ne vois pas bien ce qui t'a motivé. Tu devrais effectivement t'interroger sur ton rapport aux psys et aussi sur ta parano permanente, parce que ça commence à faire des dégâts.

Puis il a crié :

Josh – Attends, Esteban, je viens avec toi.
Lucie – Moi aussi…
Sixtine – Je vous accompagne.

En quelques secondes, ils ont tous déserté le Repère 17, signifiant clairement par leur départ leur profond désaccord. Je suis restée seule avec Léo, piégée par l'amour que je lui portais, même si à cet instant précis la déception et le mépris l'emportaient. Je n'ai pas pu prononcer un seul mot ni même croiser son regard. Je l'ai entendu pester. Il a ramassé les décors qui étaient toujours par terre, rangé ses bombes d'acrylique dans son Eastpack et puis il m'a dit, rageusement :

Léo – Bon, ben j'y vais… Je rentre chez moi, je ne reviendrai pas ici pendant les vacances, ni après, d'ailleurs. Je ne pense pas que je vais vous manquer…

Je l'ai laissé partir sans tenter de le retenir ou de l'apaiser. Léo avait été terriblement blessant. Il avait frappé Esteban là où il était le plus à vif, juste pour avoir le dessus dans une discussion sans importance. Il devait se débrouiller avec ça. C'était impardonnable.

Une fois seule au milieu de la grande salle, j'ai enfin levé les yeux. C'était comme un désert. Des rires provenaient pourtant de la cafétéria, Simon et Colette chantaient en chœur *Le Temps des cerises* dans la salle de bridge, on entendait à l'étage des bruits de marteau et de ponceuse, la vie au Repère 17 continuait… Mais sans nous…

Épisode 5

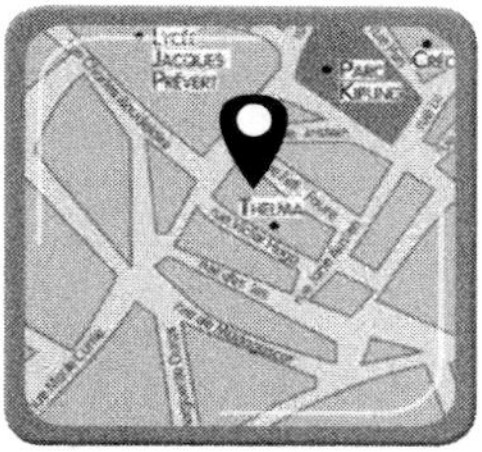

Dans les jours qui avaient suivi la dispute au Repère 17, j'avais été très malheureuse. Je n'avais aucune nouvelle de Léo et, je n'osais pas le dire (à part à mon carnet), mais il me manquait. J'étais toujours horrifiée par les remarques qu'il avait faites à Esteban et j'espérais qu'il allait lui demander pardon. Je me répétais sans cesse : « Je l'appelle ou je ne l'appelle pas ? »

J'avais étudié de façon rigoureuse les conséquences d'un éventuel appel et voilà la conclusion à laquelle j'étais arrivée : si je l'appelle, j'ai cinq possibilités de déprimer à mort + une possibilité de stresser à mort pendant toutes les vacances.

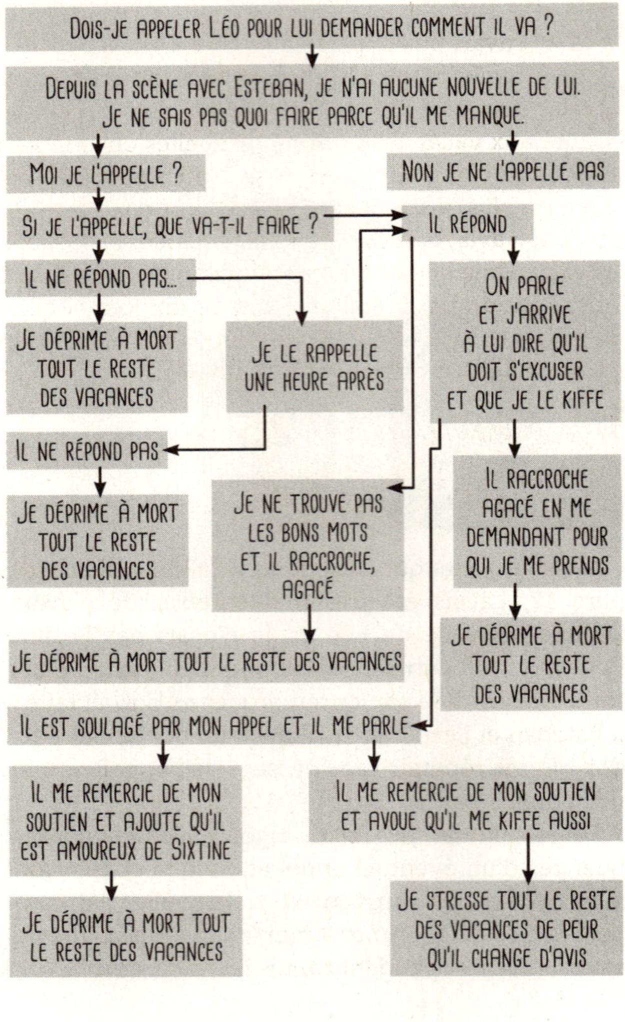
Dois-je appeler Léo pour lui demander comment il va ?
Depuis la scène avec Esteban, je n'ai aucune nouvelle de lui. Je ne sais pas quoi faire parce qu'il me manque.
Moi je l'appelle ?
Non je ne l'appelle pas
Si je l'appelle, que va-t-il faire ?
Il répond
Il ne répond pas…
On parle et j'arrive à lui dire qu'il doit s'excuser et que je le kiffe
Je déprime à mort tout le reste des vacances
Je le rappelle une heure après
Il ne répond pas
Il raccroche agacé en me demandant pour qui je me prends
Je déprime à mort tout le reste des vacances
Je ne trouve pas les bons mots et il raccroche, agacé
Je déprime à mort tout le reste des vacances
Je déprime à mort tout le reste des vacances
Il est soulagé par mon appel et il me parle
Il me remercie de mon soutien et ajoute qu'il est amoureux de Sixtine
Il me remercie de mon soutien et avoue qu'il me kiffe aussi
Je déprime à mort tout le reste des vacances
Je stresse tout le reste des vacances de peur qu'il change d'avis

Je ne l'avais pas appelé…

Avec Lucie, nous n'avions aucune nouvelle des autres non plus. Ma BFF répétait que c'était la « faute aux vacances » durant lesquelles chacun vaque à ses occupations, mais je n'y croyais pas. Et elle non plus, je pense… C'était plutôt que cette altercation avait certainement fait exploser le groupe. J'étais persuadée que tout était fichu…

Voilà pourquoi ce matin, près de dix jours après « l'affaire », j'ai fait un bond en voyant s'afficher le prénom de Léo quand j'ai reçu un SMS.

Thelma, RDV au Repère 17 à 14 h 00, je dois te parler. C important. Tu peux venir ?

Pourquoi pas…

Tu vas bien ?

Ça va bof… Et toi ?

Ça va bof moi aussi.

On en parlera.

D'accord !

À tout'

La conversation terminée, je l'ai aussitôt transférée à Lucie. Il n'était que 9 h 00, je ne savais pas si elle était réveillée, mais j'avais besoin qu'on débriefe illico sur ce rendez-vous mystérieux. Elle m'a rappelée dans la seconde qui a suivi. Je ne lui ai pas laissé le temps de parler, j'étais surexcitée.

Thelma – Alors, tu as lu???? Il DOIT ME PARLER... **IL**, c'est-à-dire lui, Léo, **veut**/a la volonté/désire **me**/moi/Thelma/la fille en qui il a confiance **parler**/échanger/se confier/tenter de régler le problème avec Esteban. Il me dit que...

Lucie m'a arrêtée net :

Lucie – Stoppe l'analyse de texte délirante, Thelma, j'ai reçu le même message.

Dire que la remarque m'a calmée est faible. J'ai eu la sensation de faire une chute depuis l'Empire State Building. L'impact au sol a fait très mal.

Lucie – Thelma ? Ohé, Thelma, t'es encore là ?

Comme mon cerveau ne pouvait se résoudre à supporter la réalité, j'ai demandé :

Thelma – Mais tu as reçu exactement le même message ??? Il n'y a pas une petite différence ?

Sous-entendu : « Une petite différence qui me laisserait espérer autre chose qu'une réunion de copains qui ont un gros problème à régler ? Une petite différence qui me permettrait de m'imaginer arrivant au Repère 17 marchant comme sur des coussins d'air, voyant soudain un Léo transfiguré par mon apparition et... »

Lucie – Non ! Exactement le même, à une petite chose près...

Mon cœur, qui avait cessé de battre depuis quelques secondes, s'est remis à fonctionner. Il existait donc une différence qui allait me permettre de renouer avec l'espoir.

Lucie – Sur mon message, il a remplacé Thelma par Lucie...

Ah ben non... C'était juste l'estocade finale, le coup de grâce, la mise à mort. Il avait remplacé mon prénom par celui d'une autre sans aucun état d'âme.

Thelma – O.K., j'ai compris... C'est un message de groupe...
Lucie – Oui, mais ma question est : « Pourquoi s'est-il senti obligé de nous les envoyer individuellement ? » Il aurait pu les poster sur notre groupe WhatsApp ?

Thelma – Parce que tu crois que les autres l'ont reçu aussi ?

Lucie – Ça paraît évident, non ?

Oui certainement, mais cela me déprimait encore davantage de savoir que Sixtine, au moment où nous parlions, se réjouissait d'une « date » avec Léo alors que moi, j'étais psychologiquement au fond du trou.

Lucie, qui continuait seule son investigation, a conclu :

Lucie – Je pense qu'il doit être inquiet. En envoyant un SMS à chacun, il gère les réactions et évite d'affronter le groupe.

Thelma – Mais pourquoi veut-il nous voir tous ?

Lucie – Je ne sais pas…

Thelma – Il veut nous annoncer qu'il quitte le Repère 17 ???

Lucie – C'est possible… Il peut aussi vouloir simplement présenter ses excuses. Ce serait vraiment le minimum légal.

Thelma – Si ça se trouve, on ne le reverra jamais.

Lucie a éclaté de rire.

Lucie – Thelma chérie, je connais ta tendance à te faire des films, mais je te rappelle que Léo est dans le même lycée que nous. Tu vas donc avoir l'occasion de le croiser régulièrement dans la cour et à la cantine.

Elle n'avait pas tort, mais quand même… Je ne serais plus jamais dans le même atelier que lui. Une heure trente à se pencher sur les mêmes planches, nos épaules qui se frôlent, son souffle dans mon oreille, ses yeux qui…

Lucie – Bon, je vais prendre mon petit-déjeuner, je passe te prendre à 13 h 30, O.K. ?

Thelma – Si je suis encore de ce monde…

Lucie – Si tu comptes mourir d'ici là, préviens-moi afin que j'aille directement au Repère 17 et que je trouve une autre BFF à qui donner le petit sac en cuir hyper japonisant que je t'ai fait.

Thelma – Tu l'as fini ???

Lucie – Oui mais ne t'inquiète pas, si tu n'es plus de ce monde, je l'offrirai à Sixtine. Je suis certaine qu'il lui plaira.

Le saviez-vous ?

Lucifer est un nom propre qui signifie «porteur de lumière», du latin *lux*, «lumière», et *ferre*, «porter». C'est aussi le nom que les Romains donnaient à Vénus, l'étoile du matin.
Dans la Bible, Lucifer est un ange déchu, voilà pourquoi on l'associe souvent au diable.

Lucie a raccroché sur cette remarque étymologiquement pertinente.

Comme j'étais désormais totalement réveillée, j'ai décidé d'aller prendre mon petit-déjeuner moi aussi. Les tartines beurre-confiture de framboises sont une valeur sûre dans la vie (enfin, si on évite de penser au nombre de calories !).

Lou, qui fabriquait des animaux en pâte à sel sur la table de la cuisine, m'a accueillie en hurlant :

Lou – Tu as vu comme ils sont mignons, mes chatons ?

Thelma – Ah, ce sont des chatons ? Je croyais que c'était des tortues…

Lou – Des tortues ??? N'importe quoi…

Thelma – Ben, c'est pas une carapace, ça ?

Lou – Non, c'est un chaton qui fait le gros dos.

Delphine est entrée dans la cuisine à ce moment-là.

Delphine – Bonjour Thelma, bien dormie ?
Thelma – Mouais !
Delphine – Tout va bien ? Tu as l'air bizarre...
Thelma – Non, ça va... Vite fait, quoi !

Ma belle-mère m'a regardée à la dérobée, un peu inquiète.

Delphine – Je mets de l'eau à bouillir pour ton thé ?
Thelma – Ouaip. Merci...

Et, se tournant vers ma petite sœur :

Delphine – Lou, tu veux bien pousser tes affaires pour laisser un peu de place à Thelma, s'il te plaît, je ne voudrais pas abîmer tes petits dromadaires.

J'ai éclaté de rire en voyant la tête de Lou.

Lou – Mais c'est pas des dromadaires, c'est des chatons qui font le gros dos. Tu ne vois pas ???
Delphine – Ah oui pardon, je n'avais pas bien regardé ! Et pourquoi font-ils le gros dos ?
Lou – Ils ont assisté à un meurtre sanglant.

Lou est une petite fille avec une imagination débordante (c'est bien ma sœur !!!). Delphine ne semble jamais déroutée par ses remarques et pose toujours des questions d'un air intéressé.

Delphine – Ah oui ? Et qui a été tué ?
Lou – Une maîtresse d'école.
Delphine – Et on connaît le mobile du meurtre ?
Lou – Peut-être…

J'ai proposé :

Lou a immédiatement répondu :

Alors là, ça sentait le vécu. Il y avait clairement ressemblance avec des faits réels existant ou ayant existé... Delphine a dû avoir la même intuition que moi parce qu'elle a demandé :

Delphine – Est-ce que le chaton a parlé de ce mot à ses parents ?
Lou – Non...
Delphine – Pourquoi ?
Lou – Ils n'auraient pas compris.
Delphine – Ah oui ? Pour quelle raison ?

Lou a répondu sans l'ombre d'une hésitation :

Lou – Les parents ne sont intéressés que par les bonnes notes et n'aiment que les enfants qui travaillent bien !

Ce n'est pas faux... Delphine a répondu sans prendre ombrage de la critique :

Delphine – Ça, c'est ce que croit le chaton... Peut-être aurait-il dû essayer d'expliquer à sa maman ce qui s'est réellement passé.
Lou – Il a essayé de lui raconter, mais sa mère était trop occupée à préparer le repas et n'a pas écouté.

Ma belle-mère s'est assise près de Lou et lui a chuchoté avec douceur :

Delphine – Et si la maman du chaton écoutait aujourd'hui, que lui dirait-il ?
Lou – Eh ben, il lui dirait que… Il lui dirait que…

Lou n'a pas pu finir sa phrase. Les coins de sa bouche se sont affaissés façon smiley désespéré et des larmes ont embué ses yeux. Son menton s'est mis à trembler et elle a prononcé d'une seule traite, comme si les mots lui brûlaient la langue :

Lou – J'avais pas appris ma leçon du jour, j'ai copié sur Zoé et la maîtresse m'a vue.

Après cet aveu terrible, ma petite sœur a explosé en sanglots. J'ai eu envie de lui dire : « Pleure pas le chaton, on s'en fout de ton zéro et du pauvre mot pourri de la maîtresse. » Mais Delphine a réagi avant moi.

Delphine – Et c'était quand, ça ?
Lou – Le jour de la sortie.
Delphine – Et tu as gardé ce secret si longtemps ?

Lou a baissé les yeux et a soupiré très fort :

Lou – Oui… Mais ça m'a fait comme un gros trou dans le ventre et la nuit j'avais peur.

Cette fois-ci, je n'ai pas attendu, j'ai volé au secours de ma sœur.

Thelma – C'est vraiment pas grave, Lou... Tu veux que je te raconte comment je me suis fait choper en CM2 parce que j'avais caché une antisèche dans mon bâton de colle. J'avais...

Delphine a interrompu net la narration de mon épopée fraude :

Delphine – Je crois que ce n'est pas le moment, Thelma. J'ai besoin de parler avec Lou seule à seule. Tu veux bien venir avec moi dans le salon, ma petite chérie ?

Le saviez-vous ?

Voici les conséquences encourues si vous aviez l'idée de tricher à un examen national.
La commission peut décider, selon les cas :
- d'un blâme,
- de la privation de toute mention au diplôme,
- de l'interdiction de participer à tout examen de l'Éducation nationale pendant cinq ans au maximum (bac ou postbac),
- de l'interdiction temporaire ou définitive de s'inscrire dans un établissement public du supérieur,
- de l'interdiction définitive de passer tout examen de titre ou diplôme délivré par un établissement public du supérieur et de s'y inscrire.

À éviter, non ?!?

Lou a suivi sa mère façon condamnée à mort qu'on emmène à l'échafaud. J'ai lancé un « haut les mains, peau de lapin, la maîtresse en maillot de bain » au moment où elle quittait la cuisine, il m'a valu le plus beau sourire du monde de ma sœur (et les gros yeux de Delphine).

VIVA LA REVOLUCIÓN !!!

L'après-midi, comme prévu, Lucie a sonné à la porte à 13 h 30 pétantes pour venir me chercher. Cette fille a une horloge dans la tête. Je ne sais pas comment elle fait…

Je me trouvais dans un état d'agitation extrême, mais ma BFF a eu la délicatesse de ne rien en dire. J'étais joyeuse et angoissée à l'idée de revoir Léo. Ces deux sentiments ressentis dans le même temps me rendaient (très) nerveuse et (hystériquement) réactive.

Lucie – T'es prête ?

Thelma – Presque… Tu me donnes deux minutes, j'enfile mes bottines.

Lucie – O.K. Mets les noires, elles iront parfaitement avec ta jupe à jupon et ton nouveau petit sac.

Je me suis jetée sur ma meilleure amie.

Thelma – Tu me l'as apporté ??? Montre…

Lucie m'a regardée exactement comme Delphine tout à l'heure, avec ce même air inquiet.

Lucie – Je vais te le montrer, mais calme-toi un peu, tu es survoltée.

Ma BFF a fouillé dans son grand sac de Mary Poppins et en a sorti… TADAAAAM !!!! Le sac le plus beau qu'on ait créé sur terre depuis la nuit des temps. Je suis restée bouche bée, sans pouvoir tendre la main pour le saisir.

http://www.shopping.fr

Description du sac :
Forme : petite bourse japonaise.
Dimensions : idéales pour mettre ses clefs, un portable + quelques bricoles.
Matière : cuir noir souple et doux.
Détails : petit éventail en strass.
Avis d'une fille : le genre de sac qui te donne l'impression quand tu le portes que tu es une héroïne de manga, le genre de sac pour lequel tu serais prête à tuer ta mère, ton père et ta famille au grand complet.

Lucie – Il ne te plaît pas ???

Thelma – Oh oui, il me plaît ! Il est magnifique…
Lucie – Alors prends-le !

J'ai attrapé mon sac avec la rapidité d'un caméléon qui gobe un insecte, d'un seul coup bref. Lucie n'a pas commenté mes mauvaises manières, mais elle a souri.

http://www.facebook.com

Lucie :
En lisant sur Wiki un article sur le caméléon, j'ai pensé à toi… Je t'ai fait un copié-collé ! Regarde sa façon d'attraper les choses, on dirait un peu toi quand tu as vu mon sac :

Pour chasser les insectes, les caméléons utilisent leur langue protractile. Celle-ci est « rangée » dans la bouche sur l'os hyoïde, et est composée entre autres de muscles propulseurs et rétracteurs. L'animal projette avec une grande précision sa langue – dont l'extrémité est couverte d'un mucus gluant – sur ses proies, puis ramène le tout dans sa bouche.
Selon les espèces, la langue peut atteindre la longueur du corps de l'animal et être projetée à plus de 20 km/h.

J'aime **Commenter** **Partager**

…

Thelma – Je te remercie… Tu crois vraiment que j'ai la langue recouverte de mucus gluant ??? C'est vraiment dégoûtant…

Lucie – Mais non, c'était juste pour le muscle propulseur et rétracteur !!! Je suis contente que le sac te plaise, parce que c'est la première fois que je couds du cuir. Sans les bonnes aiguilles, c'était difficile…

Je n'ai pas écouté la suite. Plantée devant le miroir, je me suis admirée avec LA merveille. J'ai embrassé Lucie pour la remercier.

Thelma – J'ai trop de la chance d'avoir une super amie comme toi. Plus tard, quand tu seras devenue une styliste hyper connue et que je serai invitée dans une émission pour témoigner, je parlerai de ce sac. Mieux, je l'apporterai pour montrer au monde entier à quel point tu étais déjà douée à seize ans.

Lucie – N'importe quoi, c'est juste un sac de rien du tout ! Tu le trouves beau parce que je suis ta meilleure amie et que tu surréagis un peu à tout aujourd'hui…

Thelma – Ce n'est pas vrai… Si je te dis qu'il est incroyablement réussi, c'est qu'il l'est. Tu dois me croire.

Lucie – O.K. *darling*, je te crois sur parole… Mais s'il te plaît, calme-toi. Tu es une vraie pile électrique.

J'ai enfilé mes bottines à la vitesse de la lumière et nous sommes parties.

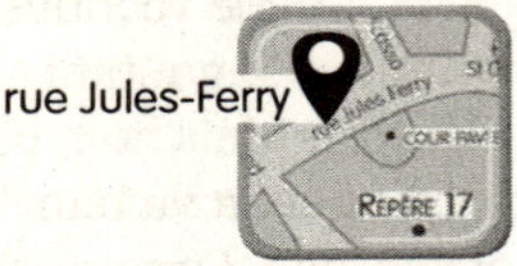

Nous étions presque arrivées au Repère 17 quand une voix suraiguë a hurlé nos prénoms :

– Youhoooo Thelma ! Lucie !

Je n'ai pas eu besoin de me retourner pour savoir qui se trouvait juste derrière nous. Elle était la dernière personne au monde que j'avais envie de voir à cet instant précis. J'ai prononcé, les dents serrées :

Thelma – À mon top, on court pour la semer ! **3 – 2 – 1...**

Lucie ne m'a pas laissée donner le top départ, elle s'est retournée et a fait un signe de la main à Sixtine, puis elle m'a chuchoté :

Lucie – Respire...

La peste s'est précipitée pour nous rejoindre.

Sixtine – Hello les girls ! *How are you ?*

Oh non ! Elle a passé quatre jours à Londres et je sens qu'elle va nous la jouer tout l'après-midi en V.O.

Lucie – Ça va bien, et toi ?
Sixtine – *Fine... I was in London, you know ?*

Difficile de ne pas le savoir, elle a fait une com d'enfer autour de son voyage avant de partir : « je vais loger chez un ami de ma mère qui est un grand producteur anglais » par-ci, « je vais rencontrer le plus grand designer londonien » par-là...

Sixtine – London est vraiment *THE place to be*, je suis fan totale. Je suis allée à Camden Town et j'ai vu...

Alors que Sixtine s'apprêtait à nous décrire je ne sais quoi, elle a buggé d'un seul coup en me regardant...
Ben quoi ? Qu'est-ce que j'ai ? Avant même que je comprenne, elle m'a demandé :

Sixtine – Où as-tu trouvé ce merveilleux petit sac ?

Eh bien, il ne lui a pas fallu longtemps pour le remarquer... Je me suis fait un plaisir de le lui présenter.

Lucie, hyper modeste, a tenté de minimiser la réaction de (la fausse) Anglaise.

Lucie – C'est juste un petit truc que j'ai fait avec une chute de cuir trouvée aux Puces.

Sixtine – J'adore la forme et le petit éventail en strass. Je croyais que ça arrivait direct de Tokyo !

Lucie – Ce sont des strass récupérés sur un vieux tee-shirt. Vraiment pas de quoi s'extasier !

Sixtine – Tu plaisantes ? Il est juste sublime, ce sac.

J'ai vite rectifié :

Thelma – MON sac.

Sixtine – Elle te l'a offert ???

Thelma – *Yes darling, it's mine…*

Je suis plutôt nulle en anglais, mais là, ça m'est sorti d'un coup. Comme quoi, quand la motivation est là, tout va…

Lucie, qui a dû sentir que la question suivante de la peste allait être : « Tu peux m'en faire un à moi aussi ? », a rapidement changé de sujet.

Lucie – Alors comme nous, tu as reçu un message de Léo ?

Sixtine a répondu sans lâcher mon sac des yeux :

Sixtine – Oui… Il m'a demandé d'être là à 14 h 00.

J'ai précisé, afin qu'elle ne se fasse aucune illusion :

Thelma – Il a demandé à tout le monde d'être là à 14 h 00. C'est un message de groupe.
Sixtine – Ah oui ? Vous savez ce qu'il veut ?
Thelma – Non, mais il est possible que ce soit des adieux.
Sixtine – Pourquoi des adieux ?

Elle est idiote ou elle a la mémoire d'un poisson rouge alzheimer ?

Thelma – Pourquoi des adieux ??? Mais à cause de ses sales remarques la dernière fois…
Sixtine – Ah, ça… Il bloque encore là-dessus ?

Je retire ce que j'ai dit, elle n'est ni idiote ni amnésique, elle est juste insensible et égocentrique.

Voilà près de dix jours qu'on n'a pas de nouvelles les uns des autres, mais mademoiselle ne se pose AUCUNE question.

Sixtine – Sinon Lucie, pour le petit sac, tu crois que tu pourrais m'en faire un aussi ?

Ah pardon, elle se pose UNE question…

Alors que nous traversions la rue pour entrer au Repère 17, nous avons vu Josh et Esteban en grande conversation près des grandes grilles. Ils nous ont fait signe de loin. Josh a crié en souriant :

Josh – Même message ?
Lucie et moi – Oui !
Sixtine – *Yes…*

Après les embrassades d'usage et quelques questions sur nos vacances, nous avons bien sûr parlé de ce RDV auquel nous étions tous conviés.

Thelma – Et donc toi, Josh, tu n'as eu aucune nouvelle de Léo cette semaine ?
Josh – Aucune… À vrai dire, je n'avais pas tellement envie de lui parler. Et vous ?
Thelma – Nous non plus…
Josh – Vous avez essayé de l'appeler ou de lui envoyer un SMS quand même ?

On a fait non de la tête.

Esteban, qui était resté un peu en retrait de la conversation depuis le début, est intervenu :

Esteban – Si c'est à cause de moi que vous êtes en froid avec Léo, il ne faut pas. J'ai déjà oublié...

Lucie – Ce n'est pas à cause de toi que nous sommes en froid, c'est à cause de lui...

Josh – Lucie a raison, il ne manquerait plus que tu te sentes responsable !

Esteban – Vous savez, ce n'est pas la première fois que j'ai le droit à ce genre de remarques... Si je devais relever toutes les fois où des élèves de mon lycée ou même des inconnus dans la rue s'autorisent à se moquer de mes manières, je n'en finirais pas. Même si ça fait mal sur le coup, je préfère penser qu'il n'y a pas de méchanceté. Peut-être est-ce juste la peur de la différence ou l'ignorance ?

La remarque d'Esteban m'est allée droit au cœur. J'ai pensé à toutes les fois où je m'étais permis, moi aussi, de sourire ou de commenter avec ironie les manières efféminées de certains garçons au lycée ou dans la rue. Pourquoi avais-je agi ainsi ? On est parfois tellement stupide...

Je n'ai pas dû être la seule à me sentir concernée, parce qu'après les paroles d'Esteban, il y a eu un long silence. Notre ami nous a souri :

Esteban – Allez, on y va ? Léo doit nous attendre…
Tous ensemble – *Yes, sir !*

Repère 17 

Nous sommes entrés dans la cour. Inutile de vous (re)préciser que Van Gogh a salué notre arrivée comme à son habitude : trente-six sauts, vingt loopings, quinze dérapages non contrôlés, dix « encastrements » dans différents supports (chaises, murs, jambes…). Colette et sa team de seniors, qui prenaient le café au frais sous le soleil d'automne, ont hurlé quasi en même temps :

Colette et sa team – Couché, Van Gogh !

Cette injonction n'a pas eu l'effet escompté, je dirais même qu'il a produit l'effet inverse. Entendant son nom et se croyant appelé, le chien a foncé tête baissée et oreille (au singulier) au vent sur le groupe du troisième âge. Il est dommage que les chiens ne soient pas obligés de passer, comme les voitures, un contrôle technique leur interdisant de circuler en cas de problème de freinage. Cela aurait pu éviter la scène catastrophe qui a suivi : table percutée, cafés renversés, mamies éclaboussées et un peu brûlées… Bref, crise d'hystérie à cause du canidé !!!

Les hurlements n'ont évidemment en rien calmé la surexcitation de notre mascotte. Bien au contraire, ravi de s'entendre désormais appelé par tout le monde, il a redoublé de vigueur et a voulu remercier chacun des participants à grands coups de langue râpeuse.

Il avait déjà léché trois ou quatre bridgeurs, quand Roger, soixante-dix-sept ans au compteur, a fait preuve d'une immense bravoure en l'attrapant par le collier et en lui intimant d'une voix ferme de s'asseoir.

Comme quoi, un héros n'est pas forcément un être qui terrasse un dragon !

Van Gogh a obéi au-delà de nos espérances en se couchant sur les pavés les quatre pattes en l'air. Le papy a posé un pied sur le ventre de la bête, façon safari dans la brousse. On aurait dit une scène d'Indiana Jones, sauf que Roger, avec son vieil anorak noir Décathlon, jouait le rôle d'Harrison Ford, et Van Gogh, celui de la bête sauvage. C'est sûr, c'est tout de suite moins glamour…

Quel dommage de ne pas avoir pris une vidéo de la scène, on assurait le buzz sur le Net.

Colette, agacée comme toujours par le chien à l'oreille coupée, n'a pas pu s'empêcher de répéter sa sempiternelle phrase à propos de notre mascotte hyperactive : « Quelle plaie ce Van Gogh, M. Angelmann aurait mieux fait de le laisser à la SPA. »

On a laissé les mamies commenter l'événement qui allait les occuper tout l'après-midi et nous nous sommes dirigés vers la porte pour rejoindre la cafèt'.

À peine avions-nous passé le seuil qu'une musique a empli tout l'espace. C'était une musique étrange, accompagnée de paroles incompréhensibles comme si on avait enregistré une discussion dans la tour de Babel.

Décidément, le Repère 17 est un lieu dans lequel il se passe toujours quelque chose !

Thelma – C'est quoi, ça ?
Sixtine – Je ne sais pas, mais c'est sublime…

Qu'est-ce qu'elle m'agace avec ses adjectifs hyperboliques. Avec Sixtine, les choses ne sont jamais belles, cool ou sympas, elles sont forcément sublimes, topissimes, *amazing*…

Du coup, quand je parle à côté d'elle, j'ai l'impression d'être une pauvre présentatrice d'une émission de téléachat sur M6.

J'allais lui en faire la remarque lorsque s'est dressé devant nous un immense mur de briques. Un nouveau mur entièrement tagué, en plein milieu de la grande salle. J'en ai eu le souffle coupé.

Je n'ai pas tout de suite lu ce qui était écrit dessus, trop occupée à essayer de comprendre comment ce mur avait atterri ici. Et puis, j'ai regardé avec plus d'attention.

Ce n'était pas un vrai mur de briques, c'était un trompe-l'œil peint sur des cartons.

Sixtine a lu les inscriptions à voix haute :

C'était une incroyable demande de pardon.

Les larmes me sont montées aux yeux d'un seul coup et si j'ai réussi à me contenir un temps, la réaction d'Esteban a eu raison de ma maîtrise. En effet, après être resté un moment silencieux, il s'est mis à pleurer en silence la tête dans les mains, comme un enfant. L'émotion a été virale.

Enfin, pas pour tout le monde…

C'est à ce moment-là que Léo nous a rejoints. Triste, mal rasé, les cheveux bouclés ramassés en queue-de-cheval, il portait une vieille chemise en lin blanc dont il avait retroussé les manches et un jean troué couvert de peinture. Il était… Comment dire ? Incroyablement sexy ! J'ai eu envie de m'approcher tout près, mais je me suis rappelé ce qu'il avait osé dire à Esteban avant les vacances et ma colère est revenue aussitôt.

Léo s'est approché tout près d'Esteban. Même s'ils ont chuchoté, on les a entendus s'expliquer :

Léo – Je te demande pardon, Esteban, j'ai été super con. C'était vraiment une remarque de pauvre hétéro crétin.

Esteban – Ce n'est pas grave…

Léo – Si, c'est grave. Je suis le dernier à pouvoir dire ce que j'ai dit. Depuis que je suis petit, je me bats contre tous ceux qui ne supportent pas la différence, tous ceux qui réduisent mon frère jumeau à une catégorie, et voilà qu'à la première occasion, pour un autre type de différence, je leur ressemble. Je me déteste pour ce que je t'ai dit…

Esteban – C'était juste un dérapage que j'ai déjà oublié.

Léo – Tu ne devrais pas, je mériterais vraiment que tu ne veuilles plus jamais m'adresser la parole… Tu sais, depuis dix jours, je cherche comment me faire pardonner et je ne trouve pas…

Esteban – Si, tu as trouvé… Ton mur tagué est magnifique !

Léo – Il n'effacera jamais la peine que je t'ai causée et la honte que je ressens. Je ne sais pas ce qui m'a pris. Je te demande pardon.

Esteban s'est tourné vers nous et il a dit avec sa délicatesse habituelle :

Esteban – Je pense que cette affaire nous a pris un peu trop de temps et si vous êtes tous d'accord, on va la supprimer de notre mémoire.

Léo nous a regardés, inquiet, on a tous acquiescé avec un enthousiasme très mesuré. Certains mots ne s'oublient pas si facilement.

Pour sceller le pacte, Léo a proposé d'offrir une tournée de Coca et de tarte au citron meringuée à la cafèt'.

Esteban a applaudi et m'a chuchoté à l'oreille :

Esteban – Fais comme moi, pardonne ! Avec le cocktail Coca + tarte au citron + Léo, tu vas être la fille la plus heureuse du monde.

Sixtine – Il n'y aurait pas autre chose comme gâteau ? Parce que moi, je ne suis pas très tarte au citron…

Je rectifie ce qu'Esteban a dit plus haut : avec le cocktail Coca + tarte au citron + Léo, J'AURAIS PU être la fille la plus heureuse du monde.

Sixtine – D'ailleurs, s'il y avait autre chose à boire que du Coca, ça serait mieux pour moi…

No comment!

Enfin si ! Un petit commentaire : si vous avez du temps à perdre, comptez le nombre de fois où Sixtine utilise le pronom personnel sujet « je » ou le complément d'objet « moi », vous allez voir, c'est stupéfiant. Si on a l'assurance désormais que la Terre tourne autour du Soleil, on peut affirmer sans conteste que la peste tourne autour de son nombril…

Alors que nous étions installés depuis plus de dix minutes dans les gros canapés de la cafèt', M. Angelmann est sorti de son bureau. Il est venu nous saluer avec sa bienveillance habituelle. Je me suis raidie. Sa présence n'allait-elle pas réactiver la colère de Léo à propos de ses cachotteries sur son métier de psychiatre ? Ça serait vraiment dommage. On commençait tout juste à retrouver un équilibre.

M. Angelmann – Bonjour à tous !

Tous ensemble – Bonjour M'sieu !

M. Angelmann – Vous allez bien ? Les vacances se passent comme vous le souhaitez ?

Tous ensemble – Oui…

M. Angelmann – Tant mieux ! Thelma, Lucie et Josh, il faut que vous choisissiez rapidement vos dimanches pour les paniers verts. C'est d'accord ?

Lucie, qui a une appli calendrier dans la tête, a aussitôt réagi :

Lucie – Thelma et moi, nous nous sommes inscrites pour dimanche prochain.

M. Angelmann – Le 30 octobre ?

Lucie – Oui…

M. Angelmann – Vos noms ne sont pas sur la liste.

Lucie – On l'a dit à Marianne, pourtant.

Josh – Moi, je vais m'inscrire pour le dimanche d'après. Celui-là, je ne peux pas.

M. Angelmann – C'est d'accord… Dites-moi, Léo, je sais que vous avez déjà pris votre tour dimanche dernier, mais il y a beaucoup de commandes passées et Marianne va avoir besoin de bras supplémentaires pour décharger, vous pourriez venir ?

Léo – Avec plaisir, monsieur…

J'ai raté un épisode ou j'ai été télétransportée dans le monde des Bisounours ? Léo n'est plus fou de rage contre Angel et son petit secret.

Pour ceux ou celles qui ont l'habitude de sauter des pages quand ils lisent, je vous rappelle sa réplique mémorable au moment des faits :

« Mais je n'ai pas de problème avec les psychiatres, même si c'est tous des tordus qui se croient plus malins que les autres et qui se mêlent de ce qui ne les regarde pas… Je m'interroge seulement sur les motivations d'un mec qui ouvre un centre d'art pour ados et qui a volontairement oublié de préciser son métier ! Vous ne voyez pas le problème ? Vous êtes vraiment des veaux, toujours prêts à gober ce qu'on vous balance sans réfléchir. »

Et là, soudain, c'est « avec plaisir, monsieur » pour un tour de paniers bio en plus ?

Je ne comprends pas bien la réaction du garçon... Parce que, même si on apprécie tous Marianne et sa bonne humeur légendaire, aucun de nous n'aime se lever à 8 h 00 le dimanche matin pour décharger la camionnette de notre maraîchère bio et préparer les paniers de fruits et de légumes des abonnés du Repère 17. Personne ne se réjouit, une fois les paniers garnis, de servir jusqu'à 13 h 00 les clients qui arrivent (avec son lot de râleurs qui n'aiment pas le potimarron et tentent de le dealer contre deux poireaux et trois oignons).

BLETTE, BETTERAVE, BROCOLI, CAROTTE, RUTABAGA, CHOU, CITROUILLE, COURGE, CÉLERI, ÉPINARD, FENOUIL, LAITUE, MAÏS, OIGNON, PANAIS, POIREAU, POIVRON, POTIRON, POTIMARRON, RADIS, TOPINAMBOUR, CÈPE, CHAMPIGNON DE PARIS...
ÉPINARD, POMME DE TERRE, MÂCHE, SCAROLE OU FRISÉE...

Si nous acceptons tous de nous prêter au jeu de la marchande, c'est uniquement parce que c'est une obligation pour être inscrit ici.

Alors, quelqu'un peut-il m'expliquer pourquoi Léo-le-rebelle est ravi de troquer une grasse matinée contre une poignée de navets ?

M. Angelmann – Parfait… Merci Léo !

Et, nous regardant à tour de rôle pour qu'on sente bien que sa parole s'adresse bien à chacun d'entre nous, le directeur a ajouté :

M. Angelmann – Bon après-midi à tous… Prenez soin de vous.

Une fois Angel parti, Léo s'est senti obligé de nous confier :

Léo – Même si je le trouve toujours aussi louche et que je ne comprends pas bien pourquoi il a ouvert ce centre, je dois reconnaître qu'il a été cool avec moi.

Josh – Comment ça ?

Léo – En fait, je suis revenu le lendemain du jour où j'ai balancé mes conneries à Esté, j'étais super en colère contre Angelmann. Je voulais qu'il m'explique pourquoi il nous avait caché qu'il était psy. J'ai débarqué dans son bureau comme un taré et, alors que je m'apprêtais à lui demander de façon agressive quelles étaient ses motivations réelles, il m'a regardé droit dans les yeux et m'a tendu cinq bombes d'acrylique, des grands cartons et des feuilles.

Esteban – Et comment tu as réagi ?
Léo – Je les ai pris.
Sixtine – Et qu'est-ce qu'il a dit à ce moment-là ?
Léo – Rien… Enfin si…
Lucie – Quoi ?

Léo s'est tu un moment, nous étions tous suspendus à ses lèvres, puis il a prononcé doucement, comme s'il trahissait un secret :

Léo – Il a lu un texte écrit dans son carnet.
Sixtine – Ça parlait de quoi ?
Léo – De la colère et de ce qu'on peut en faire…
Lucie – Et que peut-on en faire ?

Léo a sorti de sa poche une page de carnet arrachée et pliée en quatre. Il l'a dépliée consciencieusement et l'a lue d'une voix grave :

La voilà la colère, la vraie, celle qui vient des entrailles, la déferlante qui emporte tout sur son passage. Fais-la sortir loin, hors de toi. Ne tente pas de l'absorber, elle te tuerait, mais ne la crains pas non plus, elle est ta force! Hurle-la jusqu'à ce qu'elle n'ait plus de mots, qu'elle devienne une énergie vive.
Ensuite, prends-la entre tes mains, garde-la comme un feu sacré. C'est ton trésor, la pépite de vie que tu as su extraire. Choisis la forme que tu vas lui donner. Il faut qu'elle existe en dehors de toi. Elle a déjà le souffle, donne-lui un corps.
Pour cela, ajuste tout autour d'elle ce que tu manies le mieux: des notes de musique, des lettres de l'alphabet, des pas de danse, des pastilles de couleur... Et offre-la au monde. Si tu as travaillé au plus près de toi, tu toucheras les autres au plus profond d'eux-mêmes. Tu seras alors un véritable artiste, pas de ceux de la race qui font du beau pour plaire, mais de ceux qui font du vrai pour se guérir et guérir le monde.

Léo a replié son papier avec application, les yeux toujours baissés. Tant mieux, je n'aurais pas pu soutenir son regard.

J'étais bouleversée. Était-ce par ce qui venait de se dire sur le pouvoir de l'art ou était-ce à cause de l'émotion profonde perceptible dans la voix de mon prince?

Je ne saurais l'expliquer, mais une chose est certaine, c'est que j'étais profondément émue. À entendre la qualité du silence, il en était de même pour les autres.

Ce moment de grâce et de partage a duré quelques secondes, et puis Van Gogh a dû foncer dans une table parce qu'il y a eu un bruit de verres qui se cassent, les hurlements de Colette, une cavalcade dans la cour, des portes qui claquent…

Décidément, il n'y avait vraiment que la vie pour passer du pathétique au comique en une fraction de seconde. Ça nous a tous fait sourire. Lucie a levé sa cannette et a crié :

Lucie – À la colère, et à l'art qui sait quoi en faire, mais surtout, à notre belle et nouvelle amitié !

Épisode 6

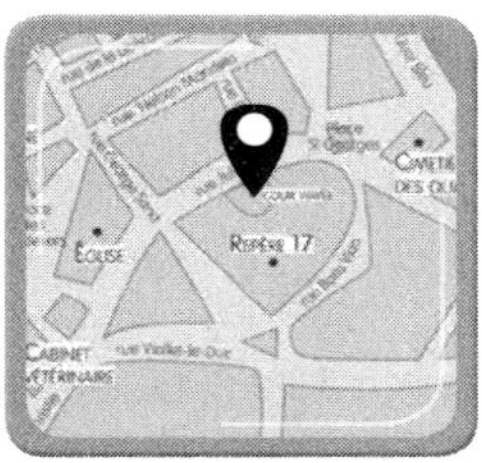

Thelma – Luciiiiiie… Hep… Luciiiiiie…

Voilà deux minutes que je chuchotais le prénom de ma meilleure amie, mais elle ne me répondait pas. Je ne pouvais pas le crier non plus, je n'avais pas envie qu'on m'entende. Je désirais juste demander à ma BFF quel légume je tenais dans la main.

Je ne suis pas totalement idiote, je connais la différence entre une tomate et une pomme de terre, mais je confonds oignons et échalotes, courgettes et aubergines. Si vous m'emmenez au McDo, je reconnais sans difficulté cheese, doublecheese, et fish, mais les légumes, ce n'est pas mon rayon !

Chaque semaine, commandez des produits frais de saison, goûteux et bio pour réaliser les meilleurs plats. Bénéficiez de produits naturels à un coût maîtrisé.

Quand ces légumes arriveront dans votre cuisine, ils auront préservé toute leur fraîcheur, leur qualité, et surtout une grande partie de leurs vitamines. Ceci vous permettra de les garder quelques jours sans rien jeter.

Abonnez-vous pour un mois, un trimestre ou une année en commandant le panier qui vous correspond le mieux et venez le chercher le dimanche matin au Repère 17, de 9 heures à 13 heures.

À très bientôt !

Marianne la maraîchère

PANIER FAMILLE

- Panier Les Plaisirs du Jardin, NOTRE PANIER DE RÉFÉRENCE (le plus vendu) conçu pour 2 repas complets pour 4 à 5 personnes : ce panier diversifié de notre production de saison comprend généralement 6 légumes ou fruits + 1 salade + 1 plante aromatique.
- Panier Poids lourd : ce panier spécial légumes en quantité, comprend généralement 8 légumes + 1 salade + 1 plante aromatique. Ce panier s'adresse aux amateurs de légumes ou aux personnes souhaitant préparer de grands plats.

PETIT PANIER

Panier découverte ou dégustation composé de 3 produits de saison (fruits ou légumes). Vous pouvez le compléter avec d'autres légumes...

PANIER DUO

Panier conçu pour 2 repas complets pour 2 personnes : ce panier diversifié de notre production de saison comprend généralement 4 légumes ou fruits + 1 salade. Vous pouvez le compléter avec d'autres légumes...

Comme j'étais en train de servir le panier d'une mamie qui me posait des questions impossibles avec Léo juste à côté, je ne voulais pas me tromper.

Là, j'ai eu droit à :

La mamie – Je ne vois pas la chicorée, vous ne l'avez pas oubliée, jeune fille ?

J'ai fait semblant de vérifier, mais dans la mesure où je ne sais pas ce qu'est la chicorée, c'est compliqué. Mon portable a bipé. Ce n'était vraiment pas le moment.

J'ai essayé de gagner du temps :

Thelma – Oh, je suis sûre que c'est mon père qui panique parce qu'il ne me trouve pas !!!

Dire à un adulte qu'on doit répondre à ses parents qui s'inquiètent est un truc qui marche à tous les coups. Pensez-y si vous devez sortir votre portable de la poche à un mauvais moment. L'adulte en face, qu'il ou elle ait des enfants ou pas, s'identifie immédiatement et vous invite de lui-même à décrocher votre téléphone.

Là, ça a été pareil.

La mamie – Dépêchez-vous de répondre, jeune fille. Vous verrez, quand vous aurez des enfants, comme on s'inquiète…

Quand j'aurai des enfants, le portable n'existera plus. On leur mettra une puce sous la peau dès la naissance qui permettra de les géolocaliser et de les faire apparaître en 3D. Mais ça, je ne peux pas le dire à Mme Lafaye qui est de la génération 1900 !!!

J'ai regardé l'écran, c'était Lucie… Alors elle, elle ne me répond pas quand je l'appelle à deux centimètres, mais elle me textote un roman-fleuve. Elle est vraiment spéciale…

Effectivement, il manque sa frisée

C la salade verte dentelée

Avec le cœur jaune

Les légumes qui manquent
sont dans la cagette à gauche de Léo

Aujourd'hui, je hais les légumes !

Vive la *junk food*...

Ce que tu tiens, c'est un brocoli

J'ai répondu à Lucie...

Merciiiiii

Moi c tous les jours que je hais les légumes

#ILYNutellaTagada

#ChicoréeBrocoliMêmeCombat !

... tout en disant à Mme Lafaye :

Thelma – Et voilà, c'est bien ce que je pensais : mon père ne se souvenait pas que j'étais là... Je lui écris que tout va bien et je suis à vous !

Puis, prenant l'air de la fille qui maîtrise, j'ai ajouté :

Thelma – Ah vous avez raison, il manque la chicorée. Je voulais la garder pour moi, c'est tellement bon...

J'ai évité de regarder Lucie en prononçant cette dernière phrase, je n'avais pas envie qu'on parte toutes les deux dans un fou rire incontrôlable.

Avant de s'en aller, Mme Lafaye, qui avait pris au sérieux ma *love affair* avec la chicorée, m'a donné deux « recettes formidables » que j'ai dû faire semblant de noter. Je n'ai eu à m'en prendre qu'à moi-même.

J'en étais à mon onzième panier et mon quinzième sourire niais à Léo (qui semblait plus intéressé par les poires et les châtaignes que par ma petite personne) quand j'ai aperçu de loin Sacha, l'artiste en charge de l'atelier sculpture au Repère 17.

Grand, blond et plutôt mince, ce très jeune diplômé des Beaux-Arts (à peine vingt-deux ans), déjà lauréat de tas de prix, était absorbé dans la contemplation de quelque chose. J'ai suivi son regard. Ce n'était pas quelque chose qui le fascinait de la sorte, c'était quelqu'un… Et ce quelqu'un n'était autre que Lucie.

Mais pourquoi la fixait-il comme ça ?

Question idiote, je sais ! Lorsqu'un garçon regarde une fille avec cette intensité, il n'y a qu'une explication possible.

Ma meilleure amie, occupée, elle, à vérifier le panier de son client, n'a rien vu de cet hommage secret. J'étais en train de lui envoyer un SMS pour la prévenir quand j'ai entendu :

– Bonjour, Mlle Fleurot !

Oh non! Cette voix de sadique qui pourrait doubler celles de tous les psychopathes de films d'horreur, je la reconnaissais trop bien.

Thelma – Bon… Bon… Bonjour, M. Delafourche.

Pour que vous mesuriez à sa juste valeur la situation épouvantable dans laquelle je me trouvais, je dois vous expliquer qui est M. Delafourche.

Fiche identification personnage

Nom : Delafourche.
Âge : entre mon père et mon grand-père.
Taille : petit.
Poids : léger.
Look : indéterminé (mais proche d'un homme qui se serait habillé chez Décathlon pour une longue randonnée dans le Larzac avec ses amis du club Pétanque et mots croisés).
Caractère : une exigence maladive.
Un rapport à l'ordre quasi pathologique.
Un relationnel inquiétant.
Loisirs : aucun.
Employeur : Éducation nationale (il n'aurait pas pu être embauché ailleurs ou alors peut-être dans un abattoir !).
Métier : prof de maths (le mien !!!).

Vous comprenez maintenant pourquoi me retrouver un dimanche matin en face de M. Delafourche m'a fait comme un électrochoc.

M. Delafourche – Je ne savais pas que vous aidiez à la vente de l'excellente production de notre chère Marianne.

Thelma – C'est… C'est… La règle, si… si on veut être inscrit au… au Repère 17.

M. Delafourche – Ah oui ? Expliquez-moi ça… Ça m'intéresse vraiment !

Dommage que vous n'ayez pas le son, parce que vous auriez entendu la voix métallique d'un individu sans aucune empathie. La voix de l'être qui vous pose une question avec pour unique but de vous déstabiliser. La voix du psychopathe qui a l'intention de vous découper façon carpaccio mais qui s'amuse à vous faire croire que, si vous répondez bien, vous allez rester vivante.

J'en ai eu froid dans le dos.

Thelma – Eh bien… Je… Enfin… Au Repère 17, on doit…

Marianne, qui avait fini avec sa dernière cliente, s'est approchée de nous en souriant. Quelle horreur, ce nous incluant Delafourche et moi ! C'est un véritable cauchemar de penser que nous pouvons être réunis quelque part, même si ce n'est que dans un pronom personnel.

Marianne – Hello Claude ! Comment vas-tu ? Ça fait plaisir de te voir.

Oh my god, il s'appelle Claude !

C'est toujours un choc d'entendre le prénom d'un enseignant. On prend soudain conscience qu'il a une vie en dehors du lycée et qu'il ne dort pas la nuit dans son casier en salle des profs ! Qu'il a peut-être une femme ou un mari qu'il ou elle aime (un prof peut donc être amoureux ?!? C'est techniquement possible, ça ???), des enfants (les pauvres !), des parents (qui doivent se demander ce qu'ils ont raté dans leur éducation pour que leur enfant se condamne à aller à l'école toute sa vie), des amis (vraiment ? un prof peut-il avoir des amis ?)… Bref, on prend conscience qu'un prof est un être humain comme les autres.

M. Delafourche – Je vais bien et toi, Marianne ?

Marianne – Ça va ! J'ai pensé à ton rutabaga. Je l'ai mis dans ton panier.

M.Delafourche – Merci !!! Alors toi, tu sais me parler…

Marianne – Surtout à toi !

C'est quoi ça, le rutabaga ?

J'ai sorti discrètement mon portable pour chercher sur Wikipédia ce qu'était cette chose qui agitait considérablement mon prof de maths.

Le rutabaga

(Brassica napus subsp. rapifera), encore appelé navet fourrager, navet ou navet jaune, chou-navet, chou de Siam, chou suédois, est un légume-racine appartenant à la famille des brassicacées comme le colza *(Brassica napus subsp. napus)*, le navet, le radis...

Ah... Certains se passionnent pour le snowboard ou le *free running*, mais lui, c'est pour le rutabaga. Ça en dit long sur le personnage...

M. Delafourche – Tu sais que la semaine dernière j'ai fait un velouté de potiron aux châtaignes ? C'était un délice...

Un velouté de potiron aux châtaignes ??? Beurk, mais c'est absolument immonde... Il est encore plus pervers que je ne le pensais.

Marianne – Formidable !

Je les ai laissés à leur délire culinaire et j'ai rejoint Lucie discrètement. Je voulais absolument lui parler de Sacha et de comment je l'avais surpris en flag d'admiration.

Alors que je m'attendais à ce qu'elle dodeline de la tête à l'annonce de ce énième garçon qui succombe à sa silhouette élancée, à ses cheveux noirs coupés court et à son rouge à lèvres carmin, elle n'a pas réagi comme prévu. Elle a évité mon regard et a fait semblant de ranger les papiers qui étaient devant elle.

C'est une impression où elle me cache quelque chose ??? J'ai insisté :

Thelma – Ça ne te surprend pas plus que ça, qu'il t'observe en douce ?

Lucie – N'exagère pas non plus.

Thelma – Je n'exagère pas... Il était complètement *in love*.

Léo, que je n'avais pas senti arriver derrière moi, a demandé :

Léo – Qui est *in love* de qui ?

Je lui aurais bien répondu : « moi, de toi... » , mais je n'ai pas osé.

Thelma – Sacha le beau sculpteur est fou de Lucie.

Léo – Ah oui ?!? Et toi, Lucie, il te plaît ?

– Bonjour, excusez-moi de vous interrompre, je viens chercher mon panier… Au nom de Denessis.

Il y a des gens qui ont vraiment le don pour arriver au mauvais moment. Mais comme je suis censée être aimable (eh oui, c'est dur d'être commerçante !), j'ai dit en souriant :

Thelma – Bonjour ! Je vous donne ça immédiatement…

Sous-entendu, tu as deux secondes pour le prendre et partir au plus vite. J'ai une question de la plus haute importance à régler et c'est pas tes deux rutabagas et tes trois céleris-raves qui vont m'en empêcher. J'ai extrait de la pile de cartons le panier de Mme Denessis et je lui ai tendu.

Mme Denessis – Ça ne doit pas être le mien, celui-là !

Thelma – Ah oui, pourquoi ?

Mme Denessis – Moi, c'est un panier « Famille et plus ».

Thelma – Ben, il y a votre nom dessus, pourtant.

Mme Denessis – Il a dû être mal étiqueté.

Le temps que je voie avec Marianne d'où provenait l'erreur et que je la rectifie, Lucie était « en main » avec un autre client. Je n'ai donc pas pu mener mon interrogatoire. Léo, que les gossips ne devaient intéresser que moyennement, avait quant à lui disparu je ne sais où…

Autant dire que j'étais seule avec les questions qui tournaient dans ma tête.

Mais pourquoi a-t-elle évité le sujet? Pourquoi s'est-elle sentie obligée d'affirmer que j'exagérais? D'habitude, quand un garçon lui court après, elle lève les yeux au ciel et balaye ça d'un revers de la main. Ou bien elle sort avec lui et me raconte après ce qui s'est passé.

En quoi était-ce différent avec Sacha?

Il m'a fallu attendre plus d'une heure pour que nous soyons libres au même moment. J'étais sous pression façon plat surgelé laissé au micro-ondes sans avoir percé le sachet. J'ai posé toutes mes questions en rafale.

Lucie a écouté avec attention puis elle a répondu avec calme:

Lucie – Je ne sais pas de quoi tu parles… Tu t'es fait un film toute seule.

J'aurais pu me satisfaire de cette réponse et croire que mon esprit fantasque m'avait joué des tours (ce ne serait pas la première fois) si, au même moment, Sacha n'avait pas traversé la grande salle pour rejoindre son atelier. La scène s'est jouée comme au ralenti…

SCÉNARIO DE LA SCÈNE VUE PAR MOI

Intérieur jour. Grande salle du Repère 17. Figurants qui attendent pour acheter des paniers. Personnages présents: Léo, Marianne, Lucie, Thelma.

Sacha pénètre dans le Centre par la porte d'entrée et traverse la grande salle en diagonale. Il ne lâche pas Lucie du regard (ses yeux deviennent immenses comme ceux des personnages de manga), mais celle-ci est en train de parler avec son amie Thelma.
C'est le regard fixe de Thelma sur Sacha qui alerte Lucie. Elle tourne la tête et voit Sacha. Ses yeux á elle aussi deviennent immenses.
Musique façon fanfare militaire. L'image noir et blanc se colorise et des personnages de contes de fées s'incrustent dans l'image.

Lucie esquisse un sourire qu'elle masque aussitôt, de peur d'être vue. Son amie Thelma lui parle, mais le son est coupé. Elle ne peut détacher son regard de celui de Sacha.
Au-dessus de chacun des deux amoureux, une âme ailée s'envole.
Et tandis que Lucie et Sacha cessent de se regarder, leurs âmes se collent pour ne plus faire qu'une.

Bon, Lucie va-t-elle oser continuer à affirmer qu'il n'y a rien entre elle et Sacha ? Je suis curieuse de savoir comment elle va s'en sortir, là.

Lucie – J'ai la scène 2 de l'acte III du *Tartuffe* à préparer pour le cours de français demain, vous ne l'avez pas déjà étudiée dans ta classe ?

Est-ce que quelqu'un peut m'expliquer le lien entre cette pièce de Molière qui parle d'un faux religieux escroc et de l'histoire d'amour entre Sacha et Lucie ?

POINTS COMMUNS POSSIBLES PROPOSÉS :
1- Le thème : l'hypocrisie, le mensonge, la trahison.
2- La forme : véritable scène de théâtre avec entrée et sortie du personnage. Unité de temps, de lieu et d'action !

Je n'ai évidemment pas répondu à cette question. Il y a des limites à ne pas dépasser. Lucie ne s'est pas démontée. Elle a continué comme si de rien n'était.

Lucie – Je vais regarder sur le Net s'il n'y a pas une explication de texte déjà toute faite.

Et, prenant son portable, elle a pianoté en prenant soin de dire tout haut les mots qu'elle tapait :

Lucie – *Tartuffe*... Acte III... scène 2...

Je me suis demandé jusqu'où elle était capable d'aller pour éviter la discussion. Apparemment très loin…

Lucie – Ah super ! Il y a un prof qui a mis un commentaire de la scène sur son blog : « Apparition d'un personnage que l'on attendait avec la plus grande impatience, avec une impatience que peut-être aucun autre personnage de théâtre n'a jamais fait naître : Tartuffe. »

Ma meilleure amie a continué à lire les informations sur son portable.

J'ai eu le droit à quasi toute l'analyse du texte. Inutile de vous la redonner, j'imagine que ça ne vous intéresse pas. Et je vous comprends… Moi-même, j'ai failli m'endormir ! C'était son but, d'ailleurs, que je m'endorme et que j'oublie du coup mes questions sur la scène qui venait de se passer (celle avec Sacha, pas celle avec Tartuffe).

On va finir par s'embrouiller avec tous ces gens qui jouent la comédie !!!

Je ne me suis pas laissé manipuler.

Thelma – Et donc, tu peux m'expliquer ce qui se passe avec Sacha ?

J'avais à peine fini de poser ma question que Léo a réapparu. Il avait dû m'entendre interroger ma meilleure amie parce qu'il a dit en riant :

Léo – Ah oui, raconte-nous parce qu'à voir comment vous vous êtes matés il y a deux secondes, ça doit être chaud entre vous…

J'ai regardé mon prince avec gratitude. Lucie a aussitôt contre-attaqué :

Lucie – Et si on parlait de vous deux, plutôt ?

Contre-feu :

le contre-feu est utilisé lors des féux de forêt. On fait un feu qui va progresser dans le sens contraire de l'incendie pour le circonscrire.

Je ne vous explique pas pourquoi j'ai collé cette définition ici ??

En tout cas, le contre-feu allumé par Lucie a été très efficace. Je suis devenue rouge borne incendie pour rester dans la thématique. Léo, quant à lui, a joué la surprise.

Léo – Nous deux ? Comment ça ?

À voir son air vraiment étonné, j'ai eu un énorme coup au cœur. Il n'avait pas « joué la surprise », *a priori*, « nous deux » lui était complètement étranger.

Lucie a dû réaliser sa maladresse volontaire/involontaire parce qu'elle a tenté aussitôt de dissiper le malaise :

Lucie – Oui, vous en êtes où, vous deux, pour les décors ?

Léo – On a fini le trompe-l'œil de la première façade, on attaque la seconde. Ça va être plus long que prévu parce qu'on va la faire façon immeuble haussmannien.

Je n'ai évidemment pu ajouter aucune précision sur ce qui venait d'être dit. Je n'arrivais plus à déglutir, un peu comme si j'avais avalé un kilo de mie de pain sans mâcher.

« Nous deux, comment ça ? » résonnait dans mes oreilles façon paroles maléfiques de film d'horreur.

Je suis retournée à mes paniers de légumes. Bizarrement, je me suis sentie plus proche d'eux que des humains. Ils avaient presque tous un point commun avec moi :

Bête comme chou,
Ne rien avoir dans la citrouille,
Quel cornichon !
Occupe-toi de tes oignons...
Et cerise sur le gâteau (si j'ose dire !) :
c'est un cœur d'artichaut...

J'ai vécu la fin de la matinée dans une espèce de brouillard opaque. À plusieurs reprises, Lucie a tenté de venir me parler, mais entre ses cachotteries et la réaction de Léo, je me sentais si triste que je n'ai pas réussi à décrocher un seul mot.

Du coup, lorsque la jolie et très ronde Marianne a crié son légendaire jeu de mots : « On remballe, la maison n'a plus un radis ! », j'ai rangé les cagettes plus vite que mon ombre. Je n'avais qu'une envie, rentrer chez moi, même si cela signifiait faire la série de huit exercices de maths que Delafourche nous avait demandée pour demain.

Le saviez-vous ?

Origine de l'expression « ne pas avoir un radis »

Signification :

Être sans ressource, ne pas avoir d'argent.

Origine :

Cette expression française date du milieu du XIXe siècle. À l'époque, on offrait souvent des radis (légumes peu onéreux) dans les cafés pour que les clients aient soif après l'avoir mangé et qu'ils commandent à boire. Malin, non ?!? Comme sa forme arrondie rappelait celle d'une pièce de monnaie, cela a permis la métaphore.

Je préférais encore calculer la dérivée de fonctions jusqu'à la fin de mes jours plutôt que de rester ici en présence des autres. C'est vous dire l'état de désespoir profond dans lequel je me trouvais.

J'ai profité d'un moment où Lucie parlait avec Angelmann pour partir sans elle. Je n'avais pas fait deux pas dans la rue que mon portable a sonné. Le prénom de ma BFF s'est affiché. Je n'ai pas répondu et j'ai hâté le pas.

Il s'est affiché plus de six fois entre mon départ du Repère 17 et chez moi. Tant que Lucie a essayé de m'appeler, j'étais très déterminée à lui faire la tête jusqu'à ce que la mort nous sépare, mais quand mon portable est devenu silencieux, je me suis sentie hyper seule. J'ai eu tout le loisir de réfléchir à la façon que j'avais eue d'être intrusive et j'ai compris que je n'avais à m'en prendre qu'à moi-même si la situation avait dérapé.

Je ne vous raconterai pas la fin de la journée. Vous imaginez très bien l'état dans lequel peut se trouver une fille, un dimanche soir, veille de rentrée scolaire.

1. a été abandonnée à juste titre par sa meilleure amie et rêverait que celle-ci lui fasse signe, mais maintenant qu'elle n'a pas répondu à ses six appels, c'est difficile.

2. a été larguée par son ex-futur (statut donné au garçon dont vous imaginiez qu'il allait être votre lover, mais qui n'a pas eu le temps de l'être et devient donc un ex).

3. a des exercices de maths à faire.

4. doit se laver les cheveux.

5. entend Michel Drucker depuis le salon, interviewant une star du petit écran (évidemment une fille belle, épanouie, talentueuse, qui a un amoureux fou d'elle et des tas d'amis venus témoigner qu'elle est la personne la plus cool du monde).

Si un jour je me présente aux élections présidentielles, la suppression du dimanche soir sera au programme :

#jehaislesdimanches

Au moment où je me couchais, j'ai reçu des SMS de Lucie. J'ai respiré pour la première fois de la soirée. Je me suis dépêchée de lire :

On peut tout dire à sa BFF
mais on n'est pas obligé de le faire.

Désolée pour tout à l'heure.

Je ne sais pas ce qui m'arrive avec Sacha.

Je suis pas comme d'habitude.

J'ai tout le temps peur.

Peur de le voir.

Peur de ne pas le voir.

J'ai ri toute seule dans mon lit en lui répondant :

Bienvenue au club !!!

Pas grave pour tout à l'heure.

J'avais qu'à me mêler de ce qui me regarde.
BFF #forever !!!!

Je me suis endormie un peu plus tranquille. D'accord, les vacances étaient finies, d'accord, je n'avais pas de petit ami, mais au moins, j'avais une meilleure amie pour la vie !

Lundi matin, quand je suis arrivée au lycée, Lucie était déjà dans la cour. Elle buvait, assise sur le muret, l'horrible chocolat chaud du distributeur. Je ne connais rien qui ressemble moins au chocolat que cette boisson. Ça en a le nom, la couleur, vaguement l'odeur, mais pour ce qui est du goût : aucun rapport !

Dès qu'elle m'a aperçue, ma meilleure amie m'a tout de suite prévenue :

Lucie – On discute de tout ce que tu veux, sauf de Sacha. C'est compris ?

Thelma – Absolument… Pas un mot sur ce garçon, tu peux compter sur moi !

Je n'avais évidemment pas l'intention de me risquer sur le sujet. L'aventure d'hier m'avait servi de leçon…

Lucie – Alors, comment tu le trouves ?

J'ai éclaté de rire.

Souvent femme varie,
bien fol est qui s'y fie !

Thelma – Pas mon style le genre norvégien, mais je dois avouer qu'il est beau gosse.
Lucie – Si tu savais comme il est doué…

Lucie a prononcé cette dernière phrase avec le sourire de sainte Marie de l'Immaculée Conception au moment où elle voit l'enfant Jésus.
Aïe, son cas était beaucoup plus sévère que je ne l'imaginais… Mais, reprenant très vite son air de fille blasée à qui on ne fait pas le coup de l'amour, elle a affirmé :

Thelma – C'est certain…

Lucie – Je t'ai parlé de lui comme ça, mais j'aurais pu te parler de n'importe qui d'autre…

Thelma – Je te crois sur parole…

Dans la vie, il vaut mieux avoir une BFF qu'avoir raison… J'ai donc volontairement changé de sujet.

Thelma – Tu as eu le temps de recopier ton commentaire pour le français ?

Lucie – Yes ! J'ai adoré la scène, en fait !

Thelma – Alors là, tu m'inquiètes… Si tu commences à aimer des vieilles pièces toutes pourries, c'est que tu vas mal.

Lucie – C'est pas une vieille pièce toute pourrie ! Je te jure que c'est hyper moderne. Tu as d'un côté Tartuffe, un type qui s'abrite derrière la religion pour agir mal, et de l'autre côté Dorine, une servante hyper drôle qui a tout compris au personnage et ne lui laisse rien passer.

Thelma – Ah ouais ?

Lucie – À un moment donné, il lui tend un mouchoir pour qu'elle cache son décolleté, genre « rhabille-toi, c'est horrible, tu es impudique et à cause de toi, je vais avoir des pensées impures », et elle, tu sais ce qu'elle lui répond, au lieu d'obéir ?

Thelma – Non ?

Lucie – En gros, elle lui dit : « Mais pourquoi, dès que tu aperçois le corps d'une femme, ça te met dans cet état-là ? Moi, même si je te voyais entièrement nu, ça ne me ferait aucun effet… » Sous-entendu, tu parles sans arrêt de « péchés » et de « pensées coupables » parce qu'en fait, t'es un gros obsédé.

Léo – C'est qui, le gros obsédé ?

Léo, qui venait d'arriver à son tour dans la cour, a cru nous avoir surprises en plein gossip.

Léo – Alors, c'est qui ? Je n'ai pas le droit de savoir ?

On a éclaté de rire. Et moi qui depuis ce matin m'angoissais à l'idée de revoir Léo et me demandais ce que j'allais lui répondre quand il me questionnerait sur mon départ précipité du Repère 17 hier…

Ça arrive souvent dans la vie, ça… Tu élabores des stratégies incroyables pour une situation à venir qui t'inquiète, et en réalité, les choses se déroulent tout à fait autrement.

Exemples pris dans mon quotidien (mais qui devraient vous rappeler quelque chose) :

Situation 1 : Tu n'as pas fait tes exercices pour le cours de physique et avec cette prof, c'est directement la peine de mort si elle s'en rend compte.

Stratégie : Tu prépares un mytho gros comme un ballon gonflé à l'hélium, l'angoisse au ventre.

Réalité : Elle est absente pour la seule et unique fois en trente ans de carrière à l'Éducation nationale.

Situation 2 : Tu apprends que tes grands-parents veulent t'acheter un cadeau pour ton anniversaire, mais ils vont encore choisir un truc immonde et toi, tu préférerais du cash.

Stratégie : Tu appelles ta grand-mère sous un prétexte pour essayer de le lui dire. Tu discutes une heure avec elle, mais tu ne trouves pas le moyen de le lui faire comprendre sans passer pour une ingrate.

Réalité : Au moment de raccrocher, elle te confie : « Tu sais ma petite chérie, j'ai décidé de te donner des sous pour ton anniversaire, comme ça, tu achèteras ce qui te fait vraiment plaisir ! »

Situation 3 : Tu es invitée samedi soir à la fête d'une fille de ta classe. Le brun aux yeux revolver de la terminale S4 qui te fait perdre tous tes moyens et qui te regarde quand tu passes dans les couloirs sera là. Ouiiiiiiiiiiiiiiiii !!!!!!!!!!

Stratégie : Tu passes ton après-midi à choisir avec ta BFF tes vêtements, ta coiffure, ton sac, ton make-up… Au moment de sortir, ta chambre ressemble à un champ de ruines et toi à une princesse sous ecstasy tellement t'es agitée. Tu crèves de peur de ne pas lui plaire.

Réalité : Finalement, il ne vient pas…

Remarque sur ce dernier exemple : la réalité a réglé un problème que tu t'étais inventé : « J'ai peur de ne pas lui plaire », mais tu te retrouves avec une nouvelle angoisse : « Mais pourquoi il n'est pas venu ??? Il a une copine ??? »

Léo, agacé de nous voir rire sans connaître l'identité du pervers, a redemandé :

Léo – Alors, c'est qui le gros obsédé ?

Lucie – Tartuffe !

Léo – Il est au bahut, lui ?

Re-éclat de rire…

Léo – Qu'est-ce qu'il y a de drôle ?

Lucie – Tartuffe, c'est un personnage dans une pièce de Molière…

Léo nous a regardées avec une moue très dubitative. Il a semblé désolé pour nous.

Léo – Ah, O.K.... Si c'est le genre de truc qui vous fait triper, pourquoi pas...

Et voilà comment griller une histoire d'amour chancelante en une seule réplique ! Merci Lucie...

Comme un malheur n'arrive jamais seul, Sixtine est arrivée sur ces entrefaites.

Sixtine – Salut !

Lucie et Léo – Bonjour Sixtine !

Sixtine – Ça va Thelma ?

Thelma – Oui, pourquoi ?

Sixtine – Je ne sais pas... Tu ne me dis pas bonjour ???

Thelma – Mais bien sûr que si, votre Majesté Sérénissime... Comment moi, pauvre petit avorton, oserais-je un crime de lèse-majesté pareil ?

Oui d'accord, ma dernière réplique était légèrement agressive, surtout prononcée sans un sourire, mais je peine à être sympathique avec une fille qui a un ventre extra-plat, des seins ronds et une blondeur d'ange. Une fille qui répond « non merci, je surveille ma ligne » quand on lui propose de la tarte au citron alors que vous, vous venez de vous enfourner votre deuxième part sans la mâcher et que vous louchez sérieusement sur une troisième. Une fille qui s'y connaît en musique, en peinture, en architecture, cite Balzac et Hugo alors que vous, vos références, c'est plutôt *Closer* et *Le Journal de Mickey*...

Mais surtout, une fille qui regarde Léo comme si c'était un éclair au chocolat... Vous me comprenez???

Sixtine – J'adore quand tu m'appelles votre Majesté Sérénissime ! C'est un peu comme si tu voyais déjà ce qui va se passer dans l'avenir...

La sonnerie a retenti dans la cour, m'évitant une réplique cinglante. Comme on montait les escaliers pour rejoindre nos salles, Josh nous a rejoints, essoufflé. Il avait l'air très contrarié.

Josh – C'est pas vrai, j'ai cru que je ne serais jamais à l'heure...

Léo – Qu'est-ce qui t'est arrivé ?

Josh – Rien... Enfin si, mon père ! Ça fait dix jours que M. Le-chef-d'entreprise était absent pour ses affaires, qu'on n'avait quasiment pas de ses nouvelles parce que MONSIEUR était overbooké, mais là, il rentre et il faut absolument qu'il me parle de mon avenir à 7 h 00 du matin.

Léo – Au p'tit déj, c'est abusé !

Lucie, sensible comme toujours à la question du père, a réagi :

Lucie – Au moins il t'aime et s'intéresse à toi…
Josh – On peut voir ça comme ça !
Lucie – Pourquoi, tu le vois comment, toi ?
Josh – Comme un homme qui donne des ordres et qui a l'habitude d'être obéi. Ce n'est pas moi en tant que personne qui l'intéresse. Il ne m'a jamais demandé ce que j'avais envie de faire dans la vie, il m'ordonne juste de suivre une voie.
Lucie – Et c'est quoi, cette voie ?
Josh – La sienne ! Pour lui, je ne suis qu'un clone. Je ne l'intéresse que dans la mesure où il peut se reconnaître en moi. Je n'appelle pas ça de l'amour.

C'était la première fois que Josh se confiait ainsi. À force de se présenter comme le garçon toujours souriant, disponible, calme et joyeux, je ne m'étais jamais imaginé qu'il puisse souffrir de quelque chose. Comme quoi, on a tous nos zones d'ombre…
Il a dû regretter ses confidences parce qu'il a très vite ajouté en riant :

Josh – Bon, je ne vais pas vous plomber la journée… Ce n'est pas très grave. J'étais juste un peu énervé parce qu'il m'a mis en retard.

Son rire a sonné archifaux, mais on a fait semblant de croire que ses remarques étaient anodines et prononcées uniquement sous le coup de la colère. Seul Léo a répliqué :

Léo – Si, c'est grave ! C'est ta vie, pas la sienne… Envoie-le bouler ! C'est pas parce que c'est ton père qu'il a le droit de décider pour toi.

Sixtine – Je suis d'accord avec Léo ! *Struggle for freedom !!!*

Et prenant la main de Léo dans la sienne et la levant très haut, façon opposants en colère dans une dictature, Sixtine a répété :

Sixtine – *Struggle for freedom !!*

Léo, se prêtant au jeu, a répété les mots de la demoiselle et, ensemble, main dans la main, ils ont scandé le nouveau mot d'ordre de la manif. Je me suis soudain sentie l'âme d'un CRS à qui on vient de balancer un pavé en pleine tête.

Lucie a dû sentir que j'allais user de ma matraque et de mon gaz lacrymo parce qu'elle m'a aussitôt attrapée par le bras et m'a chuchoté à l'oreille :

Lucie – On se calme… C'est juste un jeu.
Thelma – Il faut qu'elle le lâche.
Lucie – Elle va le faire…

SOYEZ RÉALISTES, DEMANDEZ L'IMPOSSIBLE

IL EST INTERDIT D'INTERDIRE

SOUS LES PAVÉS, LA PLAGE !

DIRE NON, C'EST PENSER !

L'IMAGINATION PREND LE MAQUIS

PRENEZ VOS DÉSIRS POUR DES RÉALITÉS !

Non seulement Sixtine n'a pas lâché la main de Léo, mais, profitant de la fausse ambiance « Mai 68 », elle s'est collée à lui :

Sixtine – Camarades, nous ne céderons pas au pouvoir en place !

Léo – Wesh ma sœur… Nous sommes des êtres libres !

Des élèves qui montaient l'escalier ont applaudi au message pseudo-révolutionnaire et l'ont repris en chœur. Comme quoi, il n'en faut pas beaucoup pour chauffer trois lycéens un lundi matin de rentrée…

Je n'avais pas envie d'en voir davantage. J'ai grimpé les marches quatre à quatre. J'étais presque arrivée au deuxième étage quand on a crié mon prénom. Je me suis retournée. C'était Fabien, un garçon de ma classe.

Fabien – Thelma, attends-moi…

Il n'imagine pas à quel point ce n'est pas le moment…

Il m'a rejointe, tout sourire. Inutile de vous préciser que je n'ai pas réussi à être aussi avenante.

Fabien – Ça va ?

La vraie réponse : « Pas du tout… J'ai juste envie de me pendre ! C'est la rentrée, j'ai passé la première partie de mes vacances à espérer voir le garçon dont je suis amoureuse, et la seconde à regretter de l'avoir vu. Aujourd'hui, c'est la rentrée, on commence par deux heures de maths avec le psychopathe qui aime la soupe de potiron à la châtaigne, et là, au moment où je te parle, mon prince est dans les bras d'une fille sublime. Donc si tu pouvais passer ton chemin et éviter de me parler jusqu'à la fin de ta vie, ça serait super ! »

Thelma – Ouais et toi ?
Fabien – Cool… Tu as fait tes exos de maths ?

Super ! Le seul type sur terre qui voit que j'existe et qui m'adresse la parole n'a qu'un seul but : me subtiliser mon classeur de mathématiques. J'ai soudain eu l'impression d'être le personnage de la fille moche dans les séries américaines. Vous savez, celle qui est obligée d'être gentille pour avoir des amis. C'était vraiment tout ce qui me manquait ce matin.

J'allais l'envoyer balader avec perte et fracas quand Léo et Sixtine, suivis de cinq crétins galvanisés, sont arrivés à notre hauteur, main dans la main.

Remarque perso : ma vie était à ce moment la VDM la plus VDM des cinq mille dernières années de la galaxie, mais c'était sans compter avec l'humour de l'existence. Cette capacité qu'a la vie de transformer n'importe quel moment catastrophique en événement joyeux. Et inversement ☺

La scène qui suit s'est déroulée en un dixième de seconde et je ne saurais en rendre l'intensité avec des mots. J'ai demandé à Lucie de me la raconter au moins dix fois par la suite pour être sûre que je ne l'avais pas rêvée, mais non... C'est bien cette chose merveilleuse qui s'est produite.

LA SCÈNE RACONTÉE ~~DE LA FAÇON LA PLUS OBJECTIVE POSSIBLE~~ :

Léo et Sixtine, suivis de quelques ~~crétins~~ élèves, arrivent main dans la main, scandant leur slogan ~~ridicule~~.

Je suis en haut des marches avec ~~la glu~~ Fabien qui veut ~~me piquer~~ m'emprunter mon classeur et je m'apprête à ~~le jeter~~. Si, à le jeter !

Léo, qui rit à gorge déployée, m'aperçoit soudain parlant avec Fabien. Il nous fixe. Son rire se fige ~~d'un coup~~ un peu et il fronce ~~follement~~ légèrement les sourcils. ~~Il semble contrarié~~. Il continue à avancer avec Sixtine, mais il lui lâche la main ~~violemment~~. En fait, il lui lâche la main pour remonter la bandoulière de son Eastpack sur l'épaule. Geste programmé pour ce qui suit ou hasard ???

Il continue à avancer en scandant *struggle for freedom** et, en passant près de nous, il s'arrange pour ~~bousculer~~ pousser légèrement Fabien, m'attraper par la main et m'embarquer avec lui.

Fin de la scène. Lui. Moi. La main dans la main. Les autres derrière qui hurlent *struggle for freedom* ! Et moi qui dis tout doucement en regardant Sixtine : *Struggle for love, honey !***

* Lutte pour la liberté !
** Lutte pour l'amour, chérie !

Épisode 7

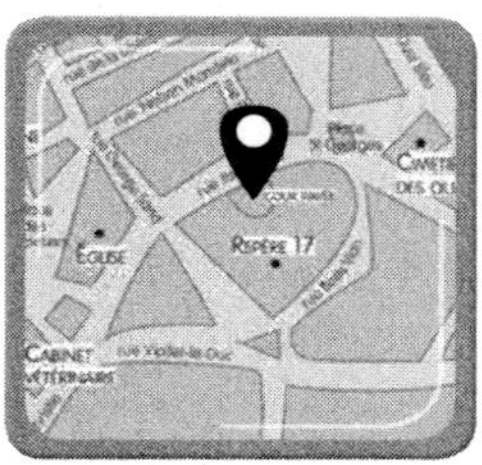

Esteban – Thelma, il y a un moment où il faut arrêter de se poser des questions.

Thelma – Facile à dire…

Esteban – Je reconnais que ce n'est pas évident, mais tu gagnes quoi à te prendre la tête en permanence ?

Lucie a souri, ravie qu'Esteban lui évite d'avoir à prononcer elle-même cette dernière réplique.

C'est fou comme en comité privé Esteban ne ressemblait pas à celui que nous connaissions en groupe. Il osait affirmer les choses sans rougir ni bégayer et offrait toujours des conseils avisés.

Il était très différent de tous les garçons que j'avais pu rencontrer jusque-là. Il était attentif, doux, sensible et apaisant... Il m'arrivait souvent de me confier à lui.

Pourtant, je savais peu de choses sur sa personne. Non pas qu'il refusât de répondre quand on lui posait une question sur sa vie privée, mais il avait cette manière bien à lui de «flouter» tout ce qui touche à l'intime. Voilà près de trois mois que nous le connaissions et, malgré cela, rien ne filtrait de sa vie... Vivait-il avec ses deux parents? Où? Avait-il des amis en dehors d'ici? Était-il amoureux? L'avait-il été un jour, et de qui? D'une fille? D'un garçon?

Aucune information! Même Lucie, qui lit si bien dans les âmes des gens, parlait du «mystère Esteban».

Soit, il était très efféminé, ce qui faisait dire à certains qu'il était homo, mais je n'en étais pas si certaine. Je l'avais surpris à plusieurs reprises regarder la jolie et sexy Fanny à la dérobée.

Depuis la fameuse dispute durant laquelle Léo s'était moqué méchamment de ses manières de fille, nous n'avions plus jamais évoqué le sujet entre nous. Non pas que nous le redoutions, mais c'est plutôt comme si l'identité un peu floue de notre ami était acquise et ne regardait que lui. Si nous nous retrouvions à la cafèt' avec d'autres élèves du Repère 17 et que l'un d'entre eux regardait Esteban avec ironie ou se permettait une remarque déplacée, la réaction était immédiate. Il nous trouvait tous les cinq en rang serré devant notre ami, prêts à le défendre. Ça calmait le jeu immédiatement.

Esteban – Une fois, j'ai lu une belle phrase qui disait : « Le meilleur moyen de savoir si on peut faire confiance à quelqu'un, c'est de lui faire confiance. » Alors peut-être que tu pourrais essayer avec Léo.

J'ai soupiré.

Thelma – Je voudrais bien… Mais vous reconnaissez quand même qu'il est bizarre avec moi et qu'on ne sait jamais où l'attendre ?

Cette fois-ci, ni Esteban ni Lucie n'ont répondu. Il faut avouer que cela faisait plus d'une heure que je tournais en boucle sur le cas « Léo » et qu'ils devaient certainement en avoir assez de me rassurer. Mais franchement, il y avait de quoi douter… Depuis des semaines, mon prince oscillait en permanence entre une certaine indifférence à mon égard et une proximité soudaine. Dès que je faisais mine de m'éloigner, il rappliquait à toute allure, mais si je m'arrangeais pour me retrouver seule avec lui, il disparaissait.

Conseil de ma grand-mère qui, je le reconnais, s'applique parfaitement dans son cas : « Avec les hommes, ma petite-fille, retiens bien cette chose : tu les suis, ils te fuient. Tu les fuis, ils te suivent… »

Après un long silence, Lucie a prononcé, les yeux dans le vague :

Lucie – C'est plutôt bien que tu ne saches pas où l'attendre, non ?... Un garçon qui te surprend, c'est le rêve ?

Cette fois-ci, c'est moi qui ai souri en rétorquant.

Thelma – Ça ma Lucie, ça sent le vécu...

Cette allusion à peine voilée à sa relation avec Sacha a mis ma meilleure amie en mode *mute* ! Comme d'habitude, me direz-vous...

En effet, depuis la fameuse scène « chabadabada » où les deux amoureux s'étaient regardés avec une intensité folle au-dessus des paniers bio, c'était l'omerta totale sur leur relation. Plus aucune manifestation de leur attirance folle en public.

Désormais, lorsque les « deux amoureux » se croisaient au Repère 17, ils se saluaient comme deux vieux collègues du service compta à la machine à café. Et si jamais ils buvaient un verre en même temps à la cafèt', ils s'arrangeaient pour être loin l'un de l'autre.

J'aurais pu croire que l'incendie de forêt qui les avait consumés ce jour-là avait été éteint miraculeusement, mais non... Perso, je connais bien l'état amoureux et, malgré la volonté de Lucie de le masquer, certains signes ne m'avaient pas échappé.

Signes qui ne trompent pas sur le fait que Lucie est amoureuse de Sacha :

♡ Léger sursaut quand un mot commençant par « SA » (comme Sacha) est prononcé : sayon, saxophoniste, saxophone, saxonne, saxo, saxifrage, saxicole, saxhorn, Saxe, saxatile, savoyarde, savoureusement, savoureuse, savourerai… Il y en a 955, donc j'abrège la liste…).

♡ Vérification de son portable toutes les deux minutes trente, l'air de rien.

♡ Nombreux sourires dans le vide façon nourrisson qui vient de finir son biberon à des moments totalement inappropriés.

♡ Deux retards en une semaine pour aller chercher les jumeaux à l'étude ou au centre de loisirs !!!!! Du jamais vu…

J'ai répété ma remarque, trop contente de pouvoir remettre le sujet « Sacha » sur le tapis. J'étais prête à abandonner le cas « Léo » pour en savoir plus sur « Lucie *and her lover* » !

Thelma – Ça sent le vécu, ça…

Ma meilleure amie a botté en touche.

Le saviez-vous ?

Ça vient d'où l'expression «botter en touche»?

Sens:

Se dégager habilement en déplaçant l'objet du débat.

Origine:

cette expression date du début du XXe siècle et vient du milieu sportif, plus exactement du foot ou du rugby.

Dans ces jeux de ballon, la touche, c'est la zone qui se trouve hors des limites latérales du terrain, celle où on n'a plus le droit de jouer. La touche est donc la zone où, lors d'un match, un joueur peut avoir intérêt à envoyer le ballon, histoire de suspendre temporairement la partie soit pour permettre à ses équipiers de se replacer sur le terrain, soit pour éloigner un danger potentiel.

C'est de cette action, botter en touche, que provient la deuxième expression, laquelle a pris un sens figuré pour désigner le fait de réussir habilement à amener le sujet d'une discussion, par exemple, sur un terrain autre que le sujet initial.

Lucie – Léo est un garçon complexe, on le sent plein de secrets depuis le départ. Souviens-toi comme il est resté tétanisé au moment de l'accident de Van Gogh ou bien de sa réaction quand il a appris qu'Angelmann était psy…

Décidément, entre Esteban « le flouteur », Lucie « l'esquiveuse » et Léo « le taiseux », j'étais bien entourée ! En fait, j'étais la seule à n'avoir aucun secret pour personne…

Esteban – Et aussi ce qu'il a dit sur son jumeau ! Vous vous souvenez ? Il a affirmé qu'il se battait contre tous ceux qui le voyaient comme un être différent. On ne sait toujours pas ce qu'il entendait par là.

Lucie – Non, c'est vrai ! Il ne nous a jamais reparlé de son frère… C'est étrange. Quand je vois la relation fusionnelle qu'ont Max et Tobie, j'ai du mal à comprendre ce que vit Léo avec son jumeau.

Esteban – On ne comprend jamais vraiment les autres…

Esteban – Chacun a droit à son jardin secret, et il ne faut pas y entrer de force sous prétexte qu'on est amis.

Lucie – Exact…

Évidemment, Lucie a prononcé ce dernier mot en me faisant un clin d'œil.

Esteban – Eh oui !!! Aimer les gens, c'est leur faire suffisamment confiance pour avancer vers eux en aveugle, quand c'est nécessaire.

On en était à cette dernière métaphore visuelle quand les autres sont arrivés. Mon cœur a fait bang bang dès que j'ai vu Léo. C'est fou l'effet qu'il me fait…

Ils étaient en pleine discussion lorsqu'ils se sont assis près de nous, si bien qu'ils nous ont à peine salués. Sixtine semblait agacée :

Sixtine – Non mais moi, j'ai vraiment pas le temps… On pourrait peut-être lui demander de reporter au second trimestre ?

Josh – Je ne pense pas qu'il accepte. Il a fixé des règles, on doit les respecter.

Léo – Oh ça va Josh, arrête de faire le caniche. On n'a pas le temps, on n'a pas le temps…

Josh – Il ne s'agit pas de faire le caniche, il s'agit d'être honnête. Angelmann tient ses promesses avec nous depuis le début, c'est normal qu'on tienne les nôtres.

J'ai tenté de manifester notre présence :

Thelma – Hello les gens !

Sixtine – On va les tenir nos promesses, mais un peu plus tard...

O.K... On est totalement transparents et ils ne nous voient pas... Ce qui me rassure, c'est qu'ils n'ont pas remarqué la présence de Van Gogh non plus. Pourtant, c'est du Van Gogh *high level*: cavalcade façon bison en rut, vitesse comparable à celle d'un train lancé à 300 kilomètres à l'heure et s'écrasant sur un récif montagneux (en l'occurrence la table basse sur laquelle il y a nos boissons), grognements semblables à ceux d'un grizzli à qui on vient de piquer un saumon rôti... Bref, du grand Van Gogh !

Sixtine – Ça ne va pas changer la face du monde si on n'a pas encore trouvé un truc à faire pour le bien de l'humanité.

Ah, c'est ça leur problème ? La fameuse action bénévole à accomplir avant la fin du trimestre ?

Il faut bien avouer que c'est un casse-tête. Perso, j'ai mis un temps fou avant de trouver ma B.A. Sur une idée de mon père, j'ai finalement décidé de proposer mon aide à la vieille sorcière du rez-de-chaussée (celle qui terrorise Lou et à peu près tous les habitants de l'immeuble). Lui apporter sa baguette en rentrant du lycée ne me coûte effectivement pas grand-chose et me permet de régulariser ma situation au Repère 17 !

À ce propos, je colle ici une page de mon carnet dans lequel je raconte ma première entrevue avec Carabosse. Oui, j'ai un carnet dans lequel j'écris parfois des épisodes de ma vie. Pas seulement des listes bizarres ☺

L'autre jour, lorsque j'ai sonné chez la voisine, elle a mis dix minutes avant d'ouvrir tous les verrous qui barricadent son appartement, puis elle a entrebâillé sa porte d'un air horriblement revêche. Je crois qu'à part pour le relevé des compteurs d'eau, c'était la première fois depuis quarante ans qu'un être humain osait sonner à sa porte. La sorcière n'a pas compris tout de suite quand je lui ai proposé d'aller chercher sa baguette à la boulangerie. Elle a cru que je voulais lui vendre quelque chose. Elle m'a donc claqué la porte au nez.

*Je suis restée à lui expliquer à travers la porte que j'étais la voisine du troisième et que je lui proposais de l'aider bénévolement. Il lui a fallu dix bonnes minutes pour imprimer l'information et repointer le bout de son nez crochu surmonté d'une verrue.**

**En vrai, elle n'a ni verrue ni nez crochu, mais c'est plus stylé comme ça.*

Elle a fini par accepter mon offre, à condition que j'avance l'argent du pain. Elle avait certainement peur que je lui pique un euro dix et que je disparaisse avec. Sachant qu'on habite le même immeuble et que je passe tous les jours devant sa porte, le risque encouru était effectivement énorme! J'ai compris à ce moment-là pourquoi elle s'appelait encore « mademoiselle » à quatre-vingts ans passés et pourquoi jamais personne ne venait lui rendre visite.

Vive le bénévolat!!! Effectivement, ce n'est pas si facile que ça d'aider les autres. Surtout quand ils ne vous ont rien demandé...

Léo – Vous savez quoi? Je vais inventer un mytho comme quoi j'ai aidé quelqu'un près de chez moi, Angel n'y verra que du feu.

Josh – C'est nul...

Léo – Ouais, ben je m'en tape d'être nul sur un coup comme ça! Pourquoi, qu'est-ce que tu vas faire pour l'humanité, toi?

Josh – Je vais m'occuper des paquets cadeaux à la librairie des Arcades, les deux dimanches avant Noël.

Léo – Et ça sert à quoi ?

Josh – À chaque fois qu'un livre sera empaqueté, les gens mettront un pourboire dans une tirelire pour Médecins du Monde.

Je pensais que Léo allait se moquer avec une remarque du type :

Mais non, il a juste répondu :

Léo – Pas mal… Si je ne trouve rien d'autre, je viendrai avec toi.

Comme le temps passait et que nous avions une tonne de choses à réaliser pour notre spectacle, nous avons décidé de nous mettre au travail. Lucie avait établi le planning de tout ce qui nous restait à faire, jour par jour.

Planning du 19 novembre :

Thelma et Léo :	Troisième panneau à terminer et à remiser avec les deux autres dans le cabanon de la cour. Trouver des bâches pour les protéger.
Esteban, Lucie et Thelma :	Dernier entraînement djembé avant premier enregistrement.
Lucie :	Faire les ourlets des costumes.
Josh et Sixtine :	Entraînement et proposition de leur choré danse/jonglage devant le groupe.

J'ai adoré me lever et suivre Léo sous le regard agacé de Sixtine. Je me suis même payé le luxe d'ajouter :

C'est fou comme des yeux bleus peuvent virer au noir dans certains cas. N'est-ce pas, Sixtine chérie ???

Dans l'heure qui a suivi, je me suis appliquée à dessiner des briques en trompe-l'œil sur la partie basse du panneau, tandis que Léo, debout sur une échelle, se consacrait à la partie haute. Mon prince avait mis son Iphone sur haut-parleur et Black Sabbath hurlait *Iron man*. On ne peut pas affirmer que les métalleux invitent à la paix et à l'amour, mais je peux vous assurer que moi, j'étais au paradis.

Rachid et Rose, qui préparaient une structure en fil de fer pour leur installation *Love with migrants,* nous ont félicités pour notre travail.

Rachid – Waouh !!! Vous avez assuré. On dirait un vrai mur de briques…

Rose – C'est impressionnant ! Vous avez appris cette technique-là en atelier ?

Thelma – Moi oui… Léo, lui, savait déjà faire…

Léo – Juste un peu ! C'est Christian qui m'a appris à travailler la matière. Je ne savais pas rendre cette impression rugueuse et minérale.

Rose – Il est comment son atelier ?

Léo – Génial ! Je vous le conseille pour le trimestre prochain.

Désolée, je n'ai pas pris le temps de vous parler de l'atelier BD. Il faut dire qu'il est arrivé tellement de choses depuis qu'on est au Repère 17 que je n'ai pas pu tout vous raconter ! Pourtant, les cours avec Christian ont été une vraie révélation.

Je crois que je me souviendrai toute ma vie du premier jour.

Christian était arrivé avec sa dégaine improbable. La soixantaine, grand, plutôt mince, mais avec un ventre rebondi au-dessus de son vieux jean. Il portait des lunettes rafistolées avec du fil de fer et une sorte de bonnet de marin. Il n'avait pas souri quand il s'était présenté :

Christian – Je m'appelle Christian. Je ne suis pas du genre à parler, donc ça va aller vite. Voilà des feuilles et des crayons. Ne cherchez ni à faire beau ni à plaire, on n'est pas à l'école. Je travaille sur la grande table là-bas, vous venez me voir pour me soumettre vos idées. Aujourd'hui et jusqu'à ce que vous y parveniez, vous allez vous consacrer à la création de votre personnage. Celui que vous voulez, ou plutôt, celui qui va s'imposer à vous.

Et il était parti s'asseoir aussi sec. Nous étions tous restés médusés. Personne ne s'attendait à une telle entrée en matière. Nour m'avait chuchoté :

Nour – On aurait mieux fait de s'inscrire ailleurs.
Thelma – Je crois bien, oui…
Nour – Pourtant ses BD sont super.
Thelma – Je ne sais pas, j'ai pas lu…
Nour – Tu ne connais pas *Silence, on tue* ?
Thelma – Non, mais le titre ne donne pas envie !

Paul était intervenu :

Paul – Tu as tort ! Ça parle de la guerre au Rwanda, c'est mortel. Ce type est un génie absolu…

Léo m'avait confirmé lui aussi la chance que nous avions de nous retrouver dans son atelier. Dans la mesure où Christian nous tournait le dos et ne cherchait absolument pas à entrer en contact avec nous, j'avais eu du mal à le croire.

J'avais eu tort…

Je ne saurais dire comment il avait fait, mais dans la semaine qui a suivi, nous nous étions tous mis au travail en silence. L'ambiance n'était pas celle d'une classe dans laquelle des élèves travaillent sous contrainte, mais plutôt un espace de liberté où chacun crée à son rythme sans la crainte du regard des autres. Toutes les fois où nous étions allés à la table de Christian lui montrer nos recherches, il les avait regardées attentivement, nous avaient posé une ou deux questions précises, et c'est tout. Pas une seule fois il n'avait émis une critique ou prodigué un conseil. Au fur et à mesure des ateliers, un personnage était né sous mon crayon : une petite femme avec des ailes, une sorte de fée Clochette. Je n'en étais pas revenue ! C'est moi qui avais fait cela alors que je n'ai aucun talent !!!

Christian m'avait juste dit, sans un sourire :

Christian – Ça y est, tu la tiens presque, ta petite créature ailée…

J'ai été déçue qu'il ne manifeste pas plus de joie, et puis j'avais fini par comprendre pourquoi.

Leçon retenue de l'enseignement de Christian : celui qui se réjouit des louanges se lamentera s'il reçoit des critiques. Donc, crée pour toi-même et n'écoute rien de ce qui se dit !

Lorsqu'avec Léo nous lui avions parlé de notre idée de spectacle avec pour décor nos trois murs de briques, de pierres et de béton, il nous avait expliqué les différentes techniques. Je dois avouer que je n'avais pas tout saisi, mais ça m'avait passionnée. J'avais fait des essais tout un après-midi. Et lorsqu'il avait fallu commencer à peindre les panneaux, j'avais été surprise par ma dextérité. Je n'étais évidemment pas aussi douée que Léo, mais mes briques ressemblaient à de vraies briques.

Et aujourd'hui encore, alors que Rachid et Rose nous complimentaient, je ne pouvais pas m'empêcher d'éprouver une certaine fierté (oui je sais, c'est en contradiction avec la leçon citée plus haut, mais que voulez-vous, il est difficile d'être humble).

Léo – Et vous alors, votre structure en grillage, ça avance ?

Rose – Oui ! On est en train de la fixer sur deux énormes branches d'arbre qu'on a clouées à la verticale sur un support en bois.

Thelma – Et ensuite ?

Rachid – L'idée est de symboliser les grillages qui ont été installés ici ou là dans le monde pour parquer les migrants. Nous voulons dénoncer tout ce qui sépare les hommes des autres hommes.

Rose – Le week-end des portes ouvertes, nous remettrons à chaque visiteur un ruban rouge.

Léo – Et que devront-ils faire avec ?

Rachid – Venez voir, vous comprendrez mieux.

Nous les avons suivis. L'idée était simplissime. Rachid et Rose avaient tracé à la bombe les contours d'un énorme cœur sur le grillage, et les invités devraient remplir l'intérieur en y accrochant leur ruban. Ainsi, quand leur installation serait dans la cour, le cœur rouge battrait au vent, secouant le grillage. Une jolie métaphore de l'amour de l'autre qui l'emporte sur tout le reste.

J'ai applaudi ! Léo a été plus mesuré :

Léo – Pas mal …

Rachid – Ce n'est pas fini… Sur chaque ruban il y aura le nom d'un pays ou d'une période durant laquelle une infamie a été commise contre l'humanité. La personne qui accrochera le ruban accomplira un devoir de mémoire.

Thelma – Waouh…

Rose – Là c'est le premier grillage réalisé, mais on va encore en fabriquer un autre, de manière à couper la cour en deux.

Thelma – Pourquoi en deux ?

Rachid – Comme tous ceux qui pensent qu'il y a eux d'un côté, et le reste du monde de l'autre.

Décidément, entre les murs et les grillages, nous ressentions tous le besoin de faire tomber les barrières !

Comme nous retournions terminer notre mur de briques, j'ai chuchoté à l'oreille de Léo :

Thelma – Tu n'as pas aimé leur travail ?
Léo – Si, pourquoi ?

J'ai souri à mon prince.

Thelma – T'as pas été super enthousiaste…
Léo – J'ai un peu de mal avec l'art qui nécessite des plombes d'explications. En réalité, quand les gens vont venir, qu'est-ce qu'ils vont voir ? La cour coupée en deux par un grillage, et on va leur demander d'accrocher des rubans. Je ne suis pas certain que ça les fasse bouger. Tu comprends ? Moi, je préfère les œuvres qui dénoncent brutalement les choses et qui bouleversent ceux qui les regardent. Il faut des choses qui cognent… Je ne crois pas qu'on puisse changer le monde avec des rubans.
Thelma – Peut-être que si !!! Mais pour toi, c'est moins fun…

Vous l'aurez compris, Sixtine et Josh, qui avaient fini leur répète, nous avaient rejoints. Léo leur a expliqué le sujet de notre discussion. Il n'aurait pas dû.

Sixtine, alias Madame la ministre de la Culture, a aussitôt défendu l'art sous toutes ses formes. Elle a prôné le droit à la liberté d'expression pour les artistes comme si nous étions en train de le menacer. Pour appuyer son propos, elle a listé toutes les expos subliiiimes qu'elle avait pu voir depuis sa naissance, à Paris, New York, Tokyo, sur Mars, Jupiter…

JE LA DÉTESTE !!!

Je pense qu'elle aurait continué encore longtemps si Lucie et Esteban n'étaient pas arrivés pour les essayages de nos tenues. Ma meilleure amie a interrompu Sixtine sans avoir conscience de son crime de lèse-majesté.

Lucie – Léo et Thelma, vous voulez bien vérifier que la longueur est bonne. J'ai piqué où vous aviez mis les épingles.

Alors que j'enfilais ma tunique blanche, Lucie s'est approchée de moi et m'a chuchoté, l'air de rien :

Lucie – Et voilà comment faire taire la demoiselle en trois secondes deux dixièmes !

J'y crois pas… J'aurais mis mes deux mains à couper qu'elle l'avait interrompue sans s'en rendre compte. Mais quelle diablesse, cette fille-là !

Les essayages terminés et validés, nous n'avons pas pu échapper à une présentation de la choré par Sixtine. Nous avons eu droit à dix minutes de blabla sur le pourquoi et le comment de la démarche artistique.

Compte tenu de ce que m'avait confié Léo sur son allergie à « l'art qui parle plus qu'il ne montre », je jubilais intérieurement… J'attendais le moment où mon prince allait arrêter cette logorrhée sans ménagement.

Le saviez-vous ?

On utilise le mot « logorrhée » quand quelqu'un ressent un fort besoin de parler, souvent de façon incohérente, généralement avec un débit rapide et continu. On retrouve cette pulsion irrépressible de parler dans certaines maladies mentales.
Par extension, on emploie ce mot lorsqu'un individu a un langage verbeux et peu compréhensible et qu'il dit des banalités, des incohérences ou des contrevérités.
On parle aussi de « diarrhée verbale » qui est en fait la traduction presque mot à mot du mot « logorrhée » : *logo*, « la parole », et *rrhée*, « couler ».
Pour aller plus vite, on peut aussi utiliser une expression populaire qui veut bien dire ce qu'elle veut dire : blabla !!!

Le moment est arrivé plus tôt que je ne le pensais !

Léo – Bon, tu la fais péter ta choré, j'en peux plus, là…

Sixtine a pris un air de princesse outragée.

Sixtine – Ah ben c'est délicat comme remarque, je te remercie…
Léo – Ne le prends pas mal… Mais avec Thelma, on n'a pas fini notre mur et elle doit ensuite répéter avec Esteban pour les djembés, alors sois sympa : essaie de faire court.

➪ *Petite remarque 1 :*

Vous noterez que mon prince charmant ne parle quasiment que de moi dans cette dernière réplique. Il y a des fois où j'adore ma vie !!!

➪ *Petite remarque 2 :*

Vous noterez aussi que personne n'est intervenu pour défendre Sixtine. Il y a des fois où j'adore encore plus ma vie !!!

Et continuant à prendre les choses en main, mon prince a sorti de sa poche la « conduite » de notre spectacle. La conduite, c'est le document qui décrit techniquement le déroulé du spectacle.

Léo – Alors, je vous rappelle ce qu'on s'était dit. Tableau 1 : *Noir total puis lumière sur les Kiklops tagués sur les murs. Bande-son : les djembés brisent peu à peu le silence. Laisser plus de temps que prévu pour que les spectateurs se sentent oppressés.* Tout le monde est d'accord avec ça ?

Tous ensemble – Oui…

Léo – Ensuite, tableau 2 : *Entrée d'Esteban, de Lucie, de Léo puis de Thelma avec les tuniques blanches et cagoules Kiklop. Ces entrées se font lentement. Même allure, mêmes gestes, même silence. Ils occupent toute la scène. Rythme des djembés toujours aussi régulier.* Ça vous va aussi ?

Tous ensemble – Oui.

Léo – O.K.… alors on avance ! Tableau 3 : *Entrée de Josh. Il est vêtu d'un jean et d'un tee-shirt bleu. On voit son visage. Il marche plus vite que les autres, il sourit et regarde tout autour de lui. Il sort de sa poche ses balles de mousse et se met à jongler. Les autres continuent à marcher avec la même lenteur sans le regarder.* Rythme des djembés identique.

Esteban – Ah non ! En fin de tableau, il faut que le rythme change pour qu'on comprenne que, grâce au jonglage, Josh modifie l'ordre établi.

Josh – Il a raison…

Léo – On avait pourtant noté que le changement intervenait au tableau 4 quand Sixtine entrait en scène.

Sixtine – Oui, c'est beaucoup mieux d'attendre mon arrivée.

Léo – Bon, on décidera plus tard pour les djembés. Le mieux est que vous nous montriez ce que vous avez prévu pour le tableau 4.

Josh – O.K., mettez-vous en face pour qu'on s'habitue à avoir un public !

Josh est allé se placer devant le mur de briques avec ses balles de mousse et a attendu que sa partenaire le rejoigne. Comme elle ne venait pas, il a demandé :

Josh – Tu viens, Sixtine ?

Aucune réponse. On s'est tous retournés pour voir ce qu'elle fabriquait. La peste, en pleine concentration « pré spectacle », était debout, les yeux fermés, les bras légèrement écartés et les paumes des mains tournés vers le ciel, genre «je suis en état total de réception de l'univers». Mais quel cinéma… Ça m'aurait prodigieusement énervée, si Léo n'avait pas dit :

Léo – Ça fait partie du spectacle, son truc, là ?

Lucie a chuchoté :

Lucie – Non… Elle se concentre avant de commencer.

Léo – Ah bon…

Nous avons attendu cinq minutes montre en main que ses chakras soient ouverts. Ça fait long, quand vous avez encore des briques à peindre et une répète de djembés !

Alors que nous désespérions de la voir arriver, elle a soudain surgi devant nous comme un chat sauvage. Elle nous a fixés avec des yeux de lynx et a avancé avec une grâce féline. Elle a ensuite effectué plusieurs saltos arrière et s'est retrouvée pile devant Josh qui jonglait.

Ça me coûte vraiment de vous l'avouer, mais c'était d'une grande beauté. Nous étions tous hypnotisés. Elle s'est approchée alors de son partenaire, a posé une patte sur son épaule et l'a aussitôt retirée. Sixtine n'existait plus, elle avait donné naissance à un chat sauvage et c'était fascinant…

Nour, Rachid et d'autres élèves du Repère 17 sont venus s'asseoir par terre près de nous. Il n'y avait plus un bruit dans la grande salle.

Elle a continué sa danse autour de Josh. Nous ne savions plus où donner du regard tant le mouvement maintenant était devenu rapide. Le chat tentait de s'approprier les balles qui voltigeaient dans les airs et, au moment où il semblait y parvenir, il y renonçait. Et puis ça a été le bouquet final : Sixtine a glissé son corps tout frêle entre les balles de mousse et il nous a semblé que Josh jonglait aussi avec le corps de sa partenaire.

Après quelques secondes de silence durant lesquelles le temps a semblé suspendu, tout le monde a applaudi. Contre toute attente, Sixtine n'a pas cherché à profiter de ce moment de célébrité pour jouer les starlettes. Elle est restée en retrait. Sa réserve m'a touchée. Ce n'était plus la peste narcissique et mondaine qui veut toujours être sous les regards, mais une sorte de chaton perdu qui a perdu son mojo.

Léo – La vache, elle a déchiré grave… J'ai kiffé ! Pas toi, Thelma ???

Thelma – Si… C'était bien…

Je suis allée me chercher une part de tarte aux pommes à la cafèt'. Quitte à être ronde, seule et horriblement jalouse d'une fille formidable, autant se faire plaisir. Alors que je m'apprêtais à enfourner sans le mâcher un énorme morceau de gâteau, j'ai senti qu'on me tirait par la manche. Je me suis retournée tout sourire vers cet être qui avait perçu mon désarroi.

Si Sixtine avait été d'une grande humilité tout de suite après sa prestation, elle s'est parfaitement rattrapée par la suite. Elle est redevenue la fille impossible que nous connaissons tous. Et « moi je » par-ci et « moi je » par-là. Il n'y en avait plus que pour elle... Alors que je me goinfrais dans mon coin, elle a quitté son groupe de fans pour me rejoindre.

Sixtine – Eh bien, Thelma, tu manges de la tarte aux pommes toute seule ?

Thelma – Oui elle est excellente, tu devrais essayer...

Sixtine – Non, merci !!! Alors, qu'as-tu pensé de mon travail avec Josh ?

Thelma – C'était vraiment bien.

Sixtine – Je suis contente que ça t'ait plu… Léo a adoré aussi. Il est comme un dingue…

Thelma – Ah oui ?

Sixtine – Je lui ai promis de redanser devant son mur juste pour lui.

Thelma – Bonne idée.

Sixtine – À tout à l'heure, Thelma !

Thelma – À tout à l'heure, Sixtine !

Lorsque deux filles qui désirent le même garçon se disent des banalités en souriant, ne soyez pas dupe. Elles sont forcément en train de se balancer des horreurs… Si vous voulez les saisir, il va vous falloir trouver le double sens de chaque parole prononcée.

Au cas où vous n'auriez pas perçu ce qui s'est **vraiment** dit dans les dix dernières répliques *a priori* anodines, je vous les traduis mot à mot.

Traduction français courant /
«filles qui se détestent»

Sixtine – Tu manges de la tarte aux pommes toute seule ? / Alors le boudin, encore en train de t'empiffrer ?

Thelma – Oui elle est excellente, tu devrais essayer… / Oui, je sais profiter de la vie, moi… Tu devrais essayer un peu, l'anorexique de service, ça te changerait !

Sixtine – Merci non !!! / Merci, non... J'ai vraiment pas envie de te ressembler !!! Alors, qu'as-tu pensé de mon travail avec Josh ? / Alors, comment une pauvre fille comme toi supporte la vision d'un corps de déesse comme le mien ?

Thelma – C'était vraiment bien. / C'est bon, tu peux circuler... Tu ne vas quand même pas te la jouer avec moi ?

Sixtine – Je suis contente que ça t'ait plu... Léo a adoré aussi. Il est comme un dingue... / Non, bien sûr, mais je voulais juste m'assurer que tu étais morte de jalousie parce que « ton mec » était tombé raide dingue de moi !

Thelma – Ah oui ?/Je crois que tu te fais des films...

Sixtine – Je lui ai promis de redanser devant son mur juste pour lui. / Accroche-toi bien ma grande, je n'en ai pas fini avec lui. J'ai l'intention de lui faire la danse des sept voiles et d'ici peu, il ne se souviendra même plus de ton prénom.

Thelma – Bonne idée. / Essaie et je te crève les yeux...

Sixtine – À tout à l'heure, Thelma ! / Que la meilleure gagne, chérie !

Thelma – À tout à l'heure, Sixtine ! / La meilleure ça sera moi, *queen bitch*...

Lucie est arrivée au moment où je disais simplement : « À tout à l'heure, Sixtine ! » Elle a réagi au quart de tour :

Lucie – Ouh la… La guerre est déclarée.

J'ai souri. Elle était vraiment la personne qui me comprenait le mieux au monde.

Lucie – Quoi, ce n'est pas ça ? Tu n'étais pas en train de lui balancer une horreur ?

Thelma – Si ! Plus le temps passe, plus je t'aime, toi !

Ma BFF a éclaté de rire :

Lucie – Tout de suite les grands mots…

Thelma – Oh pardon, où avais-je la tête ??? Parler d'amour et de sentiments à Lucie Pokerface, quelle horreur… C'est tellement guimauve toutes ces émotions ☺

Lucie – Ça va… N'en rajoute pas et arrête de m'appeler Lucie Pokerface…

Thelma – O.K., *Sugar baby love !*

Lucie – T'es lourde…

Thelma – Oui mais tu m'aimes ???

Lucie – Un truc dans le genre… Bon allez, tu reviens au milieu des vivants ou tu continues ton suicide à la tarte aux pommes ?

Thelma – J'envisageais de me finir à la mousse au chocolat…

Lucie m'a ôté la cuillère en plastique des mains.

Lucie – Je crois que ça va aller comme ça !

J'ai soupiré façon otarie qui vient d'apprendre qu'il n'y aura pas de tournée de sardines avant la semaine prochaine.

Lucie – Qu'est-ce qu'il y a, encore ?
Thelma – Elle a un corps de rêve…
Lucie – C'est sûr…
Thelma – Elle a dansé comme une déesse.
Lucie – Absolument…
Thelma – En plus, elle était vraie et touchante. De quoi tomber amoureux quand tu es un garçon…

Lucie n'a rien répondu à cette dernière affirmation. Elle m'a simplement rendu ma cuillère et est allée chercher deux verrines de mousse au chocolat dans le frigo. Quand elle s'est assise en face de moi, je l'ai regardée, catastrophée.

Thelma – À ce point ?
Lucie – Disons qu'en ces temps difficiles, le chocolat et l'amitié sont des valeurs sûres. Il sera toujours temps d'établir un plan d'attaque pour récupérer ton beau Léo après…
Thelma – Ça me semble raisonnable… Alors on trinque ?
Lucie – Yes !!!

Épisode 8

L'hiver froid et rigoureux était arrivé plus tôt que prévu cette année. Et la cour du Repère 17, que nous avions connue fin septembre sous un soleil brûlant, était aujourd'hui, à quelques jours de Noël, couverte d'un épais manteau blanc.

Malgré le froid et le travail à terminer pour le week-end portes ouvertes, nous étions tous heureux. Les épreuves de bac blanc et les conseils de classe du premier trimestre étaient derrière nous, et nous nous trouvions à seulement deux jours des vacances.

De quoi voir la vie en rose !!!!

Évidemment, vu notre humeur joyeuse, nous n'avions pas résisté à une bataille de boules de neige : les filles contre les garçons. Ça avait été un vrai carnage et notre équipe, dirigée par Lucie, l'avait emporté haut la main contre l'équipe de mauviettes masculines d'en face.

À un moment, j'avais eu l'idée d'envoyer quelques projectiles contre une personne de mon propre camp – si vous voyez LA personne à laquelle je pense !!! –, mais mon bras armé avait été retenu à la dernière seconde par Lucie. Elle m'avait chuchoté :

Lucie – Si tu dois attaquer Sixtine, il faut que ce soit en combat régulier !

J'avais donc renoncé à mon acte de traîtrise, contrainte et forcée…

Pour éviter que les séniors du club de bridge ne tombent à cause du sol glissant, nous avions ensuite déneigé le trottoir devant le centre et dans toute la cour. Comme il faisait très froid et qu'en plus j'avais oublié mes gants, mes mains étaient « couleur Schtroumpfette » lorsque nous nous étions réfugiés à la cafèt' pour boire un chocolat chaud.

Esteban, délicat et sensible, avait posé sa doudoune sur mes épaules et entouré mes mains avec son écharpe façon momie égyptienne.

Oui j'en conviens, c'était une drôle de façon de le remercier, mais pour une raison que j'ignore, quand quelqu'un me manifeste trop d'attention, ça me donne envie de pleurer alors je me dépêche de dire un truc idiot. Évidemment, ça donne souvent lieu à des méprises…

Léo – Ah t'es bien une fille, toi ! Esteban essaie de te réchauffer et tu l'envoies péter !

Lucie la féministe avait réagi au quart de tour à la remarque de Léo, m'évitant d'avoir à me justifier :

Lucie – « T'es bien une fille » ? Bravo pour la remarque sexiste.
Léo – C'est pas sexiste, c'est la vérité.
Lucie – Exactement la définition d'une remarque sexiste ou raciste : j'affirme comme une vérité mes

croyances personnelles sur un groupe : les femmes, les homos, les Tziganes, les juifs…

Léo – Arrête… Tu me donnes mal à la tête, on dirait mon prof de philo.

Lucie – Eh oui, ça fait mal à la tête de réfléchir quand on n'en a pas l'habitude…

On avait éclaté de rire. Ces deux-là étaient vraiment infernaux, ils ne loupaient jamais une occasion de s'affronter.

Josh – Un point partout, la balle au centre !!!

Thelma – Moi je dirais plutôt 2/0 pour Lucie…

Sixtine – Léo chéri, je suis bien obligée de reconnaître que Thelma a raison… Deux pour Lucie, zéro pour toi…

La séance chocolat chaud avait été écourtée par l'arrivée d'Angelmann, les bras chargés de guirlandes. Il avait crié à la cantonade :

M. Angelmann – Des volontaires pour décorer le sapin de la grande salle ?

Nous nous étions tous levés comme un seul homme. Tous ? Non… Léo, assis, avait grommelé :

Léo – Pas moi ! C'est trop naze ces décos de Noël…

La mauvaise humeur de mon prince (pas) charmant n'avait pas échappé au directeur, mais il n'en avait rien montré. Il avait pris le temps de distribuer les guirlandes aux « enthousiastes » et il était même resté un moment à nous regarder les accrocher. C'est seulement après, qu'il s'était servi un café et était allé le boire tranquillement près de Grincheux.

J'étais trop loin pour entendre ce qui s'était dit, mais j'avais vu Léo se détendre peu à peu et puis finir par se lever pour aller chercher quelque chose dans son sac.

Lucie m'avait chuchoté :

Lucie – Angel a encore réussi son coup…

Thelma – Oui, et je serais bien curieuse de savoir comment !

Nous n'avions pas su « comment », mais en revanche nous avions vu l'effet produit !

Léo était revenu avec trois bombes d'acrylique : une noire, une verte et une argentée.

http://www.facebook.com

Léo :
Bon, petite leçon pour vous initier au vocabulaire du parfait tagueur. Attention, il y a interro demain au Repère 17.

Cap
Le *cap* est la valve placée au sommet de la bombe par laquelle sort la peinture. Il est amovible. Il en existe de différentes sortes ; il régule le débit de peinture.
Ultra Skinny Cap
Cap utilisé pour les détails très précis lors de la réalisation d'un graffiti ou d'un personnage ; il permet de faire des traits précis et raffinés.
Fat Cap
Le *Fat Cap* est un *cap* qui, une fois fixé à la bombe de peinture, permet de réaliser des traits épais ; on l'utilise pour les tags, les flops et les gros tracés.
Ultra Fat Cap
L'*Ultra Fat Cap* permet de réaliser des traits encore plus épais que le *Fat Cap*. Il est très utilisé en tag vandale car on le voit de loin, et il permet de remplir rapidement le lettrage d'un graff.

J'aime Commenter Partager

Thelma :
Ça y est, j'ai appris ma leçon !!!

Sixtine :
En fait, il n'y a rien à apprendre, Thelma… Quand on parle anglais, on comprend tout de suite ☺

Il avait scotché des feuilles blanches sur un mur de la cafétéria depuis le sol jusqu'au plafond.

Nous nous étions tous interrompus pour le regarder. Angelmann avait continué à siroter son café, l'air toujours aussi bienveillant.

Sixtine – Il fait quoi, Léo ?
Lucie – De la résistance !

Lucie avait raison… Si Léo avait refusé de décorer le sapin, en revanche, il avait eu une idée très personnelle pour partager l'esprit de Noël. Il avait tagué sur son panneau improvisé un immense et beau sapin. À la place de l'étoile, tout en haut, il avait peint un gros œil noir. Nous avions tous applaudi.

Léo – Attendez je n'ai pas fini, il manque les guirlandes !

Et joignant le geste à la parole, il avait tagué des mini-Kiklops sur les branches. Là, c'était parfait… Même Colette, notre mamie râleuse qui ne raffole pas du street art, avait aimé.

Lorsque Léo avait fini son super tag, il était 15 h 30, et donc largement temps de commencer notre répète. C'était la première fois que nous allions répéter en costumes et musique, l'excitation était à son comble.

Je traversais la grande salle, hurlant comme un fantôme pour faire rire les autres, quand le portable de Lucie a sonné. Elle a regardé le numéro et a décroché aussitôt. Je lui ai tourné autour en criant :

Thelma – Saaaaachaaaaa, *my loooooove !!!!* Saaaaaachaaaaaa, *my deeeeeeeeeestiny !*

Elle m'a fait signe de me taire.

Vous pensez bien que ça m'a donné une raison de plus de continuer. Mon agitation a gagné rapidement les autres (et quand je dis les autres, j'inclus Van Gogh aussi) si bien que nous avons tous formé une ronde autour de ma BFF en répétant le nom de son lover. Elle a répété :

Lucie – Où ça ? Quand ?

Persuadée que c'était une « date » avec Sacha (qu'elle me cachait puisqu'elle refusait encore et toujours de me parler de ses nouvelles amours), j'ai répété à mon tour : « Où ça ? Quand ? » Évidemment, les autres m'ont suivie dans ce jeu d'imitation.

C'est Esteban qui a compris le premier qu'il fallait s'arrêter, et quand j'y repense aujourd'hui, je m'en veux de ne pas avoir saisi avant lui.

Il a exigé le silence d'une voix qu'on ne lui connaissait pas.

Lucie a demandé à son interlocuteur :

Lucie – Et ce sont les pompiers qui les ont amenés là-bas ?

Mon cerveau a fonctionné en mode *emergency* :

POMPIERS = ACCIDENT
LES = PLURIEL = JUMEAUX

J'ai failli vomir mon chocolat chaud et ma brioche. Ma meilleure amie a continué à poser des questions avec le calme et le pragmatisme qui la caractérisent.

Lucie – Et ils étaient conscients ?

Esteban m'a chuchoté :

Esteban – Tu sais de qui elle parle ?
Thelma – J'ai peur que ce soit des jumeaux.

Un silence grave et pesant nous a tous gagnés. Ça m'étonnera toujours cette faculté que possède la vie de passer, en un instant, de la joie profonde à l'angoisse la plus totale.

Nous étions maintenant suspendus aux lèvres de ma meilleure amie.

Lucie – Mais vous savez lequel des deux ? O.K.… Et pour Tobie ? D'accord… Il y a quelqu'un du centre de loisirs avec eux à l'hôpital ? Très bien… Vous avez prévenu ma mère ? Bien, j'arrive tout de suite.

Lucie a raccroché, blême :

Lucie – Les jumeaux ont escaladé un mur au centre de loisirs et ils sont tombés tous les deux. Max a pris un méchant coup sur la tête et il a perdu connaissance. Ils sont en train de lui faire des examens.
Thelma – Et Tobie ?
Lucie – Apparemment il s'est juste cassé le bras. Il faut que j'y aille.
Thelma – Je viens avec toi…

Et nous sommes parties sans laisser le temps aux autres de réagir.

Alors que nous étions au bout de la rue Jules-Ferry, quelqu'un nous a klaxonnées. C'était Angelmann au volant de sa voiture... Il nous a fait signe de monter.

M. Angelmann – Je vous emmène à l'hôpital, ça ira plus vite qu'en bus.

Je ne sais pas qui l'avait averti si vite, mais nous ne nous sommes pas fait prier. Durant le trajet, le directeur n'a pas cherché à rassurer Lucie avec des paroles du genre : « Ne vous inquiétez pas, ça va aller » ou bien « Il n'y a pas de raisons de vous affoler. » Vous savez, ce genre de remarques que vous font les gens quand ils ne savent pas quoi vous dire. En général, ça produit l'effet contraire parce que non seulement vous avez toujours aussi peur, mais en plus vous vous sentez incompris...

Angelmann a plutôt posé des questions précises sur l'échange téléphonique qu'avait eu Lucie avec la directrice du centre de loisirs, et aussi sur les antécédents médicaux des jumeaux. Sa voix chaude et calme nous a enveloppées jusqu'au parking de l'hôpital.

Lorsque nous sommes descendues de la voiture, il a demandé à ma meilleure amie :

M. Angelmann – Vous permettez que je vous accompagne aux urgences ?

Lucie – Oui.

M. Angelmann – Alors je gare ma voiture et je vous rejoins. Ça va aller ?
Lucie – Oui.

J'ai toujours été impressionnée par la maîtrise de Lucie en toutes circonstances, mais là, elle m'a bluffée. Je crois que même notre directeur l'a été parce qu'il a ajouté :

M. Angelmann – C'est bien… À tout de suite, Lucie.

Nous avons couru jusqu'aux urgences. Ma meilleure amie a demandé à la fille de l'accueil où se trouvaient ses petits frères. J'avais la sensation de ne servir à rien. J'aurais aimé pouvoir prendre les choses en main de manière à aider Lucie, mais j'en étais incapable. J'étais paralysée par la peur que quelque chose de grave soit vraiment arrivé aux jumeaux.

La fille de l'accueil – Alors… Amenés par les pompiers, j'ai : Le Ny Max et Le Ny Tobie. C'est bien ça ?
Lucie – Oui…
La fille de l'accueil – Vous êtes de la famille ? La grande sœur ?
Lucie – Oui.

Et s'adressant à moi :

La fille de l'accueil – Vous aussi ?
Thelma – Non, pas moi.
La fille de l'accueil – Donc vous, je vais vous demander d'attendre dans la grande salle. Il n'y a que la famille qui peut entrer.
Thelma – O.K. ...

Angelmann est arrivé à ce moment-là, accompagné d'un médecin en blouse blanche qui nous a saluées rapidement. La fille de l'accueil s'est levée aussitôt :

La fille de l'accueil – Bonjour, Professeur Jolien !
Le médecin en blouse blanche – Bonjour Betty ! Alors, il paraît que nous avons deux nouvelles recrues adeptes du « grimpage » sauvage de mur ! Vous avez les dossiers ?
La fille de l'accueil – Non, ils les ont descendus au scanner.
Le médecin en blouse blanche – Les deux ? Je croyais qu'il n'y avait qu'un trauma crânien ?

Lucie est devenue blanche comme un linge.

La fille de l'accueil – Je vérifie... Mais c'est bien ça : l'interne a demandé deux scanners cérébraux.
Le médecin en blouse blanche – Ah bon ?!? Je vais aller me renseigner... Tu viens avec moi, Raphi ?

J'ai mis un moment avant de comprendre que Raphi était le surnom de Raphaël Angelmann.

M. Angelmann – Oui, bien sûr !

Notre directeur a pris Lucie par l'épaule comme le ferait un père et lui a chuchoté :

M. Angelmann – Allez, on va chercher les diablotins et les ramener bientôt à la maison.

Sa proposition tellement rassurante a permis à ma meilleure amie de respirer à nouveau. Depuis l'annonce des deux scanners cérébraux, j'avais la sensation que Lucie était en apnée.

Je suis allée les attendre dans la grande salle, le cœur battant. Cela faisait plus de dix minutes que je guettais leur retour quand j'ai entendu la voix de Léo me chuchoter :

Léo – Ça va, Thelma ?

J'ai d'abord cru que mon imagination débordante me jouait des tours mais non, c'était bien lui, juste en face de moi ! Je me suis levée comme si j'avais un ressort sous les fesses et je me suis jetée dans ses bras. L'annonce de l'accident des jumeaux, la tension accumulée depuis cet instant et l'attente seule dans cette salle sinistre m'avaient ôté toute inhibition.

Léo n'a pas semblé embarrassé. Il m'a serrée très fort contre lui et je dois avouer que j'aurais aimé que ce moment dure toujours. Il m'a murmuré :

Léo – Alors, ils ont dit quoi ?

Thelma – Je ne sais pas... Angel est allé voir avec Lucie.

Léo – Mais si c'était grave, ils l'auraient dit, non ?!?

La question de Léo ressemblait plus à une prière ou à un désir d'être rassuré qu'à une réelle interrogation. Je n'ai pas su quoi répondre.

Léo – Pourvu qu'il ne leur arrive rien. Ni à l'un ni à l'autre...

Une fois, j'ai lu dans un magazine que lorsque les gens parlent de la vie des autres, ils ne parlent que d'eux-mêmes. Un peu comme si le voisin était un écran blanc sur lequel on projetait le film de sa propre existence. Et là, dans le cas présent, j'avais l'impression que Léo me confiait : « Pourvu que ce ne soit pas comme dans mon histoire et qu'il n'arrive pas quelque chose à l'un des jumeaux. C'est insupportable pour celui qui reste en bonne santé. » Je lui ai murmuré, toujours collée contre lui :

Thelma – Tu penses à ton frère quand tu dis ça ?

J'ai aussitôt regretté ma question. Mais de quel droit me permettais-je d'être si intrusive dans sa vie? En ce qui me concerne, je n'aurais jamais supporté que quelqu'un s'autorise à me demander quoi que ce soit sur ma mère. Je ne parle jamais de Maman et je ne tolère pas que quiconque en parle.

Alors que je m'attendais à ce que Léo m'envoie bouler avec perte et fracas, il m'a tout simplement répondu :

Léo – Oui je pense à lui… On est nés à quelques minutes d'intervalle et pour lui, ça s'est très mal passé. Il est en chaise roulante. Pourquoi lui et pas moi? Je ne sais pas…

Je me suis mise à trembler.

La question du « Pourquoi elle et pas moi? », je me la suis posée tant de fois pour Maman. Je ne pensais pas que d'autres pouvaient se la poser pour d'autres raisons.

J'ai chuchoté à mon tour :

Thelma – Moi aussi je me demande pourquoi c'est Maman qui est morte au moment de l'accouchement et pas moi.

Léo m'a caressé la tête tout doucement.

C'est drôle parce que jusque-là, je pensais que la douleur de quelqu'un ajoutée à la douleur de quelqu'un d'autre, ça créait une très grosse douleur. Mais non, en fait, ce sont deux forces qui s'annulent l'une l'autre... On se fait du bien mutuellement.

Les grandes portes des urgences se sont ouvertes sur Lucie et Tobie. Ma meilleure amie souriait en regardant son petit frère lui expliquer je ne sais quoi. On s'est précipités pour les accueillir.

Léo – Alors ?
Lucie – Rien au scanner pour les deux.

J'ai embrassé Lucie et Tobie.

Thelma – Ouf, j'ai eu tellement peur !!!! Et où est Max ?
Lucie – Avec ma mère en bas...
Thelma – Alors vous allez pouvoir les ramener à la maison tous les deux ?
Lucie – Non ! Max reste en observation quarante-huit heures et Tobie va avoir droit à un plâtre pour son bras.

Tobie nous a annoncé fièrement :

Tobie – J'ai très mal, mais pour que j'aie moins mal, Lucie va me dessiner un pirate sur mon plâtre !
Thelma – T'as trop de la chance, Tobie... Ça me donne envie de me casser les deux bras !

Le petit m'a regardé, inquiet.

Tobie – Ah bon ?

Thelma – Mais non, je rigole… Je préfère que ta sœur me dessine des trucs sur des tee-shirts. C'est aussi joli et ça fait moins mal !

Tobie – Pas faux…

Léo a proposé ses services.

Léo – Si tu veux que je tague un Kiklop sur ton plâtre, je suis d'accord aussi…

Tobie – Un Kiklop ! Trop swag…

Thelma – Un pirate de Lucie plus un Kiklop de Léo !!!! Ton plâtre va valoir des millions !

Tobie – En vrai ?

Thelma – Absolument… Il sera certainement exposé dans les musées à côté des œuvres de Picasso.

Tobie a écarquillé les yeux façon soucoupe volante.

Tobie – À côté des tableaux de Renoir aussi ?

Cette fois-ci, c'est moi qui l'ai regardé, étonnée. Comment connaît-il ce peintre à son âge ?

Session de rattrapage pour ceux qui ne connaissent pas Renoir et ne veulent pas se sentir incultes devant un sale gosse de sept ans.

Renoir en quelques mots :

Nationalité : française.
Mouvement : impressionniste.
Genre : figuratif.
Thèmes de ses œuvres : nus, portraits, paysages, natures mortes et scènes de genre.
Son chef-d'œuvre (difficile de choisir !) : *Le Bal du Moulin de la Galette*
Nombre de tableaux peints : environ 6 000.
Dernière phrase prononcée sur son lit d'hôpital après avoir peint son ultime tableau : « Je crois que je commence à y comprendre quelque chose. »

Thelma – Tu sais qui est Renoir, toi ?

Tobie – Ben oui, avec Max on a fait une visite virtuelle du Louvre sur l'ordi, la dernière fois…

Lucie – C'est bien ça… Bravo !

On aurait pu croire que cette génération 2.0 avait un vrai goût pour l'art pictural si le petit n'avait pas ajouté…

Tobie – C'est Dalil, un copain de notre classe, qui nous a dit d'aller regarder parce qu'on voyait les nénés et la craquette des filles sur les tableaux…

Alors, en ce qui concerne l'intérêt des garçons pour ce qui se passe sous les jupes des filles, la génération 2.0 ressemble à toutes les autres.

Léo a éclaté de rire :

Léo – Waouh !!!! Tu me donneras l'adresse que j'aille regarder !

Il a fallu attendre près de deux heures pour que Tobie ait son plâtre si bien que lorsque nous sommes sortis des urgences, Max était déjà installé dans une chambre au service pédiatrique. Il n'était pas seul… Non seulement il y avait deux autres garçonnets avec lui, mais surtout, il y avait les DEUX parents de Lucie, réunis pour l'occasion. Tobie a sauté dans les bras de son père dès qu'il l'a vu.

Tobie – Papounet chéri !!!!

Ma meilleure amie ne lui a pas réservé le même accueil. Même si j'ai cru déceler de la joie dans son regard durant un quart de seconde, elle a très vite montré de l'agacement.

Lucie – Ah, tu es là ? Je pensais que tu ne te déplacerais pour nous qu'en cas d'enterrement.

Comme formule de bienvenue, on a connu plus chaleureux.

Le père – Bonjour Lucie... Je suis content de te voir, et j'aurais bien aimé que tu me répondes la semaine dernière quand je t'ai appelée une bonne dizaine de fois.
Lucie – Désolée, je n'ai pas vu que c'était toi. Les numéros doivent s'effacer dans le répertoire quand ils ne sont pas utilisés.

Et bing dans les dents...

Le père – Je voulais qu'on discute de ce qu'on pourrait faire ensemble durant les vacances de Noël.
Lucie – Pourquoi ? Tu hésitais entre nous voir une demi-journée ou une journée ? Le Colonel t'a accordé une permission ?

Avec Léo, on a presque prononcé en même temps :

Thelma et Léo – Lucie, on t'attend dehors.

Sitôt dans le couloir, on a débriefé :

Léo – Wouah, c'est chaud avec son père...

Thelma – Oui, de pire en pire !

Léo – Pourquoi elle le déteste comme ça ?

Thelma – Parce qu'il les a vraiment laissés tomber depuis des années.

Léo – Là, il a l'air de faire des efforts pour renouer, non ?

Thelma – Je ne sais pas…

Léo – C'est parfois difficile de comprendre ce que veulent vraiment les gens.

Comme je restais silencieuse, Léo a ajouté :

Léo – Tu sais quoi, Thelma, depuis quelques jours, j'ai un drôle de pressentiment…

Thelma – À propos de quoi ?

Léo – À propos d'Angelmann.

Thelma – Ah bon ?!? Pourquoi ???

Léo – Tu te souviens au début, quand on se demandait pourquoi Angelmann avait créé son centre ?

J'ai souri.

Thelma – Oui je me rappelle ! On imaginait que c'était peut-être un nouveau Koh-Lanta ! Et alors ? Tu as une nouvelle explication à proposer, maintenant ?

Mon prince a hésité un petit moment puis il m'a chuchoté, comme s'il avait peur d'entendre sa propre voix :

Léo – Quel est le point commun à tous les gens qui viennent au Repère 17 ?
Thelma – On vient prendre des cours d'art. C'est pas ça ?
Léo – Si... Mais si ce n'était pas seulement ça ???
Thelma – Ça serait quoi en plus ?

Léo a soupiré. Je sentais bien que sa proposition serait énorme, mais je n'imaginais pas à quel point...

Léo – Si je regarde notre groupe de travail, j'ai qui ? Lucie et son père absent, moi et mon frère en chaise, Josh et son père autoritaire, Sixtine et ses parents qui ne pensent qu'à eux, toi et ta mère chez les anges... On a tous un truc qui déconne !!!

Même si ce que venait d'affirmer Léo m'avait semblé complètement délirant, je lui étais très reconnaissante de ne pas avoir prononcé le mot « morte » ou « décédée » pour Maman.

Léo – Je ne voudrais pas encore passer pour le parano de service, mais sachant qu'Angelmann est psychiatre, on est en droit de se demander pourquoi il nous a recrutés, nous...
Thelma – Il ne nous a pas recrutés, on s'est inscrits volontairement pour prendre des cours d'art.
Léo – Non, IL nous a choisis après un entretien personnalisé... Et je te rappelle que tu es la pre-

mière à dire que tu n'as aucun don artistique et que tu as avoué à Angel dès le premier entretien que tu t'inscrivais uniquement pour être avec Lucie.

Thelma – C'est vrai… Mais arrête ton délire de « Big Brother is watching you ». Il a ouvert un centre d'art et il a choisi des élèves motivés, point !

Léo – Tu es trop naïve…

Thelma – Et toi, complètement parano !!!

Mon prince a haussé les épaules. Comme je craignais d'y être allée un peu fort, je lui ai demandé :

Thelma – Bon, et en admettant que tu aies raison : Angelmann a recruté volontairement des gens qui avaient un problème dans leur vie, ça serait quoi, son but ?

Léo – Je ne sais pas… Une expérience avec un but financier, genre recherche pour un gros labo pharmaceutique ?

Thelma – Nous serions alors des sortes de cobayes ?

Léo – Possible…

Thelma – Tu délires ! Arrête de voir le mal partout… Angel cherche à faire le bien autour de lui.

Léo – Ou pas…

Mon portable a vibré. Je l'avais mis en mode silencieux à mon arrivée aux urgences et j'avais complètement oublié de le regarder depuis. J'avais trente SMS et quinze appels en absence : Esteban, Sixtine, Josh. Josh, Sixtine, Esteban…

Alors ?

Des news des jumeaux ?

On s'inquiète !!!
Dis-nous s'il y a du nouveau…

Impossible de vous joindre
Rappelle-nous !

Comment vont les jumeaux ?

Je vous épargne les vingt-six autres SMS qui ne diffèrent pas de ceux-là. Léo avait à peu près les mêmes…

Thelma – Heureusement qu'ils ont des forfaits illimités !

Léo – Grave !

On les a rappelés pour les rassurer. Quand ils ont appris que tout allait (à peu près) bien, ils ont hurlé de joie. Surtout Sixtine… Mais pourquoi faut-il qu'elle surjoue toute émotion ???

Comme il était près de 18 h 00 maintenant et que j'avais promis à Delphine de garder Lou, je suis allée embrasser Lucie et je suis partie.

Léo m'a accompagnée jusqu'au bus et s'est contenté d'un signe de la main au moment où on s'est séparés. Comme à son habitude, après avoir été très proche de moi, il reprenait ses distances d'un seul coup.

Je n'ai pas insisté. Je suis montée dans le bus, la tête haute, en me répétant comme un mantra la phrase de Mamie : « Suis-moi, je te fuis. Je te fuis, tu me suis. »

J'ai donc fui… Mais il ne m'a pas suivie !

Le soir, Lucie m'a appelée pour me raconter la fin de sa journée. Elle avait été épique... Tobie, qui se portait bien jusqu'alors, s'était mis à avoir des nausées et des vomissements vers 19 h 00, le médecin avait donc décidé de le garder à l'hôpital. Bien sûr, il était possible qu'il présente les mêmes symptômes que son frère sans cause réelle, c'était courant chez les jumeaux, mais le Professeur Jolien n'avait voulu prendre aucun risque.

Lucie était donc restée là-bas avec sa famille au grand complet jusqu'à 20 h 00. Et même si ma meilleure amie ne s'était pas plainte, elle m'avait semblé épuisée.

DÉCEMBRE
15
jeudi

Le lendemain, préférant rester avec ses petits frères, Lucie n'était venue ni au lycée ni au Repère 17. Comme nous avions programmé une répétition de notre spectacle (nous étions à deux jours du week-end portes ouvertes), nous avions respecté notre planning, mais nous avions joué sans aucune conviction. Surtout moi !

Léo était de nouveau aussi chaleureux qu'un tournedos au rayon surgelés. Je ne savais pas si c'était les confidences faites sur son frère ou la discussion sur Angelmann dans laquelle je m'étais moquée de sa parano qui le poussait à être encore plus distant, mais une chose est sûre : il évitait tout contact avec moi.

Vendredi après les cours, on a tout de suite filé au Repère 17. La mère de Lucie avait pris sa journée pour rester à l'hôpital avec les jumeaux et nous nous faisions une joie de faire une vraie répète tous ensemble au Repère 17.

Seulement, dans la vie, il y a ce qu'on programme, et puis ce qui arrive… Et à peine étions-nous arrivés au centre que le portable de Lucie a sonné. Je ne sais pas si c'est parce que nous avions tous été traumatisés par l'appel de mercredi, mais nous avons cessé de parler dès qu'elle a décroché.

Lucie – Coucou mon Max ! Ça va, mon chaton ?

Ma BFF a écouté la réponse les sourcils froncés.

Lucie – Max, arrête de pleurer, je ne comprends pas ce que tu me dis. Explique-moi calmement…

Pourquoi vous garderaient-ils pour le week-end?... Tu es sûr?... Passe-moi Maman... Elle est où?...

Lucie s'est éloignée pour parler à son frère. Je pense que cinq paires d'yeux braqués sur elle devaient la stresser. Elle semblait contrariée lorsqu'elle est revenue. Sixtine (toujours aussi mesurée) s'est jetée sur elle façon pompier sauvant une femme d'une maison en flammes, en prononçant d'une voix de tragédienne:

Sixtine – Que se passe-t-il?
Lucie – Jolien est parti en oubliant de signer l'autorisation de sortie des jumeaux.
Léo – Et donc?
Lucie – On est obligés d'attendre qu'il revienne.

Lucie – C'est ce que m'a dit Max.
Josh – Et ta mère, qu'est-ce qu'elle en dit?
Lucie – Je ne l'ai pas eue... Elle était en train de discuter avec l'infirmière en chef.

Le téléphone de Lucie a sonné de nouveau. Cette fois-ci, c'était sa mère. Effectivement, le Professeur Jolien n'avait pas signé l'autorisation de sortie et il était injoignable. Rien de grave, mais un contretemps fâcheux qui empêchait, pour l'instant, le retour à la maison. Après s'être assurée que sa mère la rappellerait dès qu'elle en saurait plus, ma meilleure amie a raccroché. Elle ne nous a pas laissé le temps de commenter, elle nous a dit en souriant :

Lucie – Bon, on va essayer de ne plus penser aux jumeaux et à l'hôpital… Cette histoire nous aura quand même empêchés de répéter comme on aurait dû. Je propose qu'on commence illico avec costumes et décor. D'accord ?

Évidemment qu'on était d'accord… Esteban a branché la sono tandis que Léo et Josh ont installé les grands panneaux peints. Lucie a sorti les costumes des sacs qui les protégeaient et on s'est habillés à tour de rôle. Ma BFF était en train de recoudre rapidement une tunique qui s'était déchirée quand son portable a bipé.

Elle m'a demandé :

Lucie – Thelma, tu peux regarder s'il te plaît ? Ça doit être ma mère et je ne peux pas lâcher mon aiguille.

Thelma – O.K., darling !

J'ai pris son téléphone et là, le choc…

Normalement, dans les séries télé, c'est le moment où on vous colle une page de pub… Mais là je ne vais pas le faire. La suite, tout de suite !

Oui, le choc !!! Si Lucie avait su qui lui envoyait le message et la teneur de celui-ci, jamais elle ne m'aurait demandé de le lui lire. Mais là, je me suis trouvée bien malgré moi dans une situation plus qu'embarrassante.

Pour éviter que vous me soupçonniez de donner libre cours à mon sens de l'exagération, je vous livre le SMS tel quel :

Tu me manques depuis trois jours. Je n'en peux plus. Débrouille-toi pour me rejoindre là-haut dans mon atelier. Je t'attends !

Inutile de vous préciser que le beau Sacha était l'expéditeur de cette déclaration.

Après avoir hésité sur la conduite à tenir, j'ai placé le portable de Lucie devant ses yeux, en m'arrangeant pour regarder ailleurs tandis qu'elle lisait.

Ce qui s'est passé dans ma tête tandis qu'elle lisait (en accéléré) :

1- Elle va être super mal quand elle va réaliser que j'ai lu le SMS très explicite de Sacha.
2- Remarque, il y a vraiment de quoi !!!!
3- Que s'est-il exactement passé entre eux ? Lucie a-t-elle vécu sa première fois avec lui ?
4- Elle n'aurait quand même pas vécu ça sans m'en parler…
5- C'était où et quand ?
6- Alors elle l'aime vraiment ? Elle m'a toujours dit qu'elle ne le ferait que si elle était certaine que ce serait son premier grand amour.
7- Ça me fait bizarre de penser que c'est peut-être arrivé et que Lucie ne m'en a pas parlé.
8- Peut-être que je ne suis pas sa BFF finalement, seulement une amie comme une autre…

Lucie – Merci Thelma… Tu peux le ranger dans mon sac, j'ai lu.

Je n'avais pas imaginé un instant qu'elle pourrait me faire une réponse pareille après un SMS comme celui-ci.

Du coup, je l'ai relu. Peut-être avais-je mal compris ? Mais non, c'était sans appel… Sacha avait bien écrit un message d'amour à Lucie et elle n'avait pas l'intention d'en discuter.

J'ai eu envie de pleurer, mais je n'en ai rien montré.

Esteban – Ça va, Thelma ?

Je corrige ce qui est écrit plus haut : j'ai eu envie de pleurer et, comme d'habitude, ça s'est vu immédiatement.

À la remarque d'Esteban, ~~ma BFF~~ ~~mon amie~~ ~~une camarade~~ ~~une de mes connaissances~~ ~~une vague connaissance~~, Lucie (c'est plus neutre) m'a regardée. J'ai tourné la tête ostensiblement de l'autre côté pour qu'elle comprenne que j'étais fâchée.*

* J'ai quand même vérifié après pour m'assurer qu'elle avait compris que je voulais qu'elle voie que j'étais en colère. Oui, je sais, c'est une phrase très compliquée, mais si vous avez une meilleure amie dans la vie, je suis certaine que vous saisissez la subtilité de la démarche.

Elle s'est aussitôt remise à son travail... *No comment*...

Comme tout était prêt maintenant, nous avons commencé la répétition générale.

Notre parabole de la société hyper intrusive qui ne peut rien contre un jeune couple libre a fonctionné à merveille. Nos spectateurs improvisés (Colette, Simon, Fanny, Van Gogh, Marie, Lyes, Nour, Gaspard) ont semblé ravis par la prestation et nous ont applaudis à tout rompre (en ce qui concerne Van Gogh, il a préféré manifester sa joie en fonçant dans les décors). Si nos vrais spectateurs étaient aussi enthousiastes demain et dimanche, ça allait être génial...

Sixtine, surtout, a été plébiscitée, et vous imaginez comment elle a joué les vedettes en saluant.

J'aurais pu supporter cela le cœur vaillant si Léo ne l'avait pas personnellement félicitée pour son travail et qu'elle ne s'était pas précipitée dans ses bras pour le remercier.

Décidément, ce n'était pas mon jour...

Êtes-vous une *lucky girl*?

Répondez par oui ou par non.

1. Votre BFF et vous, vous vous dites absolument tout:
oui non

2. Votre lover vous aime et vous comprend:
oui non

3. Vous avez neutralisé votre pire ennemie:
oui non

4. Votre lover ne regarde qu'une seule fille: vous.
oui non

5. Vous êtes super bien dans votre peau et vous savez mettre en valeur vos jolies rondeurs:
oui non

6. Votre lover vous donne des signes permanents de son affection:
oui non

Inutile de vous fournir une analyse des résultats de mon test… Vous l'aurez compris vous-même: je ne suis pas une *lucky girl*.

Alors qu'on enlevait nos tuniques blanches pour ne pas les salir, le portable de Lucie a de nouveau bipé. Sacha devait s'impatienter, là-haut, dans son atelier. Comme je ne voulais pas être témoin d'une relation dont on me cachait tout, je suis allée me servir un Coca à la cafèt'.

Ça a dû donner des idées aux autres parce qu'ils m'ont tous suivie. Lucie est restée seule au milieu de la grande salle, le téléphone à la main. Elle souriait...

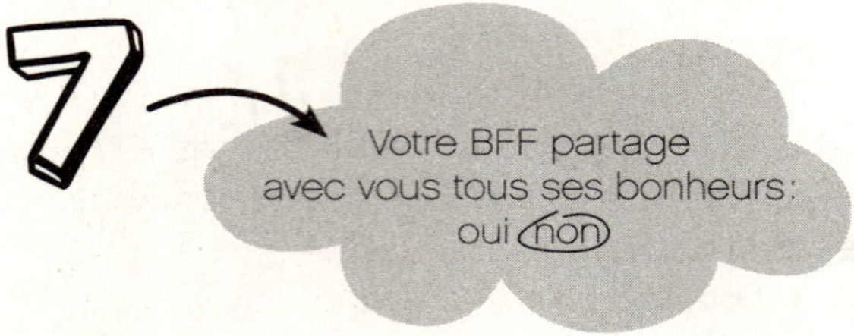

Esteban, qui s'était assis près de moi, m'a chuchoté à l'oreille :

Esteban – Ça va, Thelma ?

Je lui ai souri. C'est bon quelqu'un qui se rend compte que vous existez.

Thelma – Ça va... C'est juste que je ne suis pas une *lucky girl*.

Esteban – Pourquoi tu dis ça ?

Thelma – Tu veux vraiment la liste des raisons ?

Esteban – Non merci… Moi je sais que tu es une fille jolie, cool, drôle, intelligente et hypersensible. C'est tout ce qui compte !

Thelma – Tu es vraiment le seul à le voir, alors !!!

Esteban – Je ne crois pas, non… Tu devrais ouvrir les yeux et ne pas interpréter trop vite les événements.

Je n'ai pas eu le temps de demander à Esteban ce qu'il entendait par là, Lucie, qui avait raccroché, est venue nous parler :

Lucie – C'est un véritable feuilleton, cette histoire ! Personne ne sait où est Jolien et personne ne veut prendre la responsabilité de signer cette autorisation.

Léo – Pourquoi tu ne demandes pas à Angel d'essayer de le joindre, c'est son pote, non ?

Lucie – Inutile, Jolien ne répond pas sur sa ligne perso non plus.

Josh – Oui, en même temps, ce n'est pas vraiment une urgence. Juste un petit problème administratif.

Lucie – Tu as raison, mais en attendant, les jumeaux pleurent toutes les larmes de leur corps parce que je leur avais promis qu'ils assisteraient à la dernière répète ce soir et que je les paierai cinq euros pour être assistants costumier.

Sixtine – Les pauvres, ils doivent être super déçus. Je me souviens, un soir, j'avais à peine six ans, ma mère devait jouer *Macbeth* au théâtre et elle m'avait proposé pour la première fois de…

L'avantage de raconter moi-même cette histoire, c'est que j'ai la possibilité d'interrompre à tout moment les dialogues. Certes, ce n'est pas très honnête, mais je suis la narratrice et je décide donc de ce qui va être rapporté.*

*Malheureusement, même si je choisis ce que je vais vous raconter, je suis quand même obligée de vivre toutes les scènes jusqu'au bout (puisque c'est ma vie), et je peux vous assurer que cette scène-là était vraiment trop longue. Je rêverais parfois que la vie soit juste une bande-annonce avec les meilleurs moments, mais non, on est obligés de vivre son existence en entier.

Esteban – Oh, elle est très jolie ton histoire, Sixtine, mais qu'est-ce qu'elle est triste !!! J'en ai les larmes aux yeux.

Le problème quand on coupe une réplique, c'est que la suite des dialogues n'est pas raccord. Là, vous vous demandez certainement en quoi l'histoire de Sixtine a ému Esteban et les autres (sauf moi).

Résultat, je vais être obligée de vous la raconter. La peste aura gagné. Même là, elle va encore occuper le devant de la scène. Vous n'imaginez pas à quel point son cirque m'agace. Bon, je vous fais le pitch en quelques phrases.

Pitch en accéléré :

1- La mère de Sixtine joue Macbeth au théâtre et a promis à sa fille (qui a six ans) de l'emmener pour assister à la représentation dans les coulisses.
2- Sixtine est folle de joie. Elle reste dans la loge avec sa mère tandis que cette dernière s'habille et qu'on la maquille.
3- La maquilleuse professionnelle propose à Sixtine de la maquiller comme une princesse juste pour le fun.
4- Une fois dans les coulisses, le metteur en scène voit Sixtine et la trouve très jolie (évidemment !!!). Il lui propose de rentrer sur scène au deuxième acte au moment où des comédiens déguisés en elfes et en lutins font une ronde et ressortent.
5- Sixtine est aux anges. Elle attend dans les coulisses, mais comme il est tard, elle s'endort. Aucun adulte ne pense à la réveiller au deuxième acte. Lorsqu'elle se réveille, la pièce est terminée, elle a loupé son moment de gloire (voilà pourquoi, depuis, elle cherche à se faire remarquer en permanence !), elle s'effondre, désespérée.

Vous comprenez mieux la réplique d'Esteban, maintenant ?

Esteban – Oh, elle est trop jolie ton histoire, Sixtine, mais qu'est-ce qu'elle est triste !!!

Sixtine – Oui ! Il m'arrive encore aujourd'hui de me réveiller en sursaut avec l'impression que j'ai raté quelque chose d'important. Comme quoi, on peut facilement traumatiser un enfant…

L'idée qu'on puisse traumatiser des jumeaux a dû angoisser Léo parce qu'il a demandé :

Léo – Et si vous sortiez les petits de l'hôpital sans cette autorisation ?

Lucie – Ma mère ne voudra jamais.

Léo – C'est grave comme tout le monde obéit à des trucs débiles !

Josh – C'est pas débile…

Esteban a stoppé net les deux garçons avant que leur échange ne devienne, une fois de plus, un affrontement entre M. Rebelle et M. La-Loi.

Esteban – Et si on trouvait comment faire plaisir aux jumeaux, plutôt que de batailler inutilement ?

On l'a tous regardé, étonnés du ton autoritaire qu'il avait employé. Il est devenu rouge ketchup.

Esteban – Je disais ça juste comme ça…

Lucie a souri :

Lucie – Tu as raison, Esteban… C'est même la seule chose qui compte.

Comme tout le monde réfléchissait à un moyen de rendre le sourire à Max et à Tobie, j'ai eu une idée. Pas juste une idée…

L'IDÉE DU SIÈCLE !!!!!*

* Dommage que dans les livres il n'y ait pas des lettres lumineuses qui clignotent, ça serait parfait pour mettre en lumière MON idée de génie.

Thelma – Si les jumeaux ne peuvent pas venir au spectacle, le spectacle n'a qu'à venir à eux.

Sixtine – Comment ça ?

Thelma – Qu'est-ce qui nous empêche de faire notre dernière répétition à l'hôpital ?

Léo – Absolument rien… Pour le décor, on peut prendre juste un panneau, c'est suffisant et facile à transporter.

Esteban – Pour la musique, j'ai tout sur mon Iphone et je peux le brancher sur un minibaffle.

Josh – Pour le jonglage, rien de plus simple à emporter que trois balles de mousse.

Sixtine – En ce qui me concerne, je peux danser partout !

Lucie – Quant à moi, je mets les costumes dans un sac en un rien de temps.

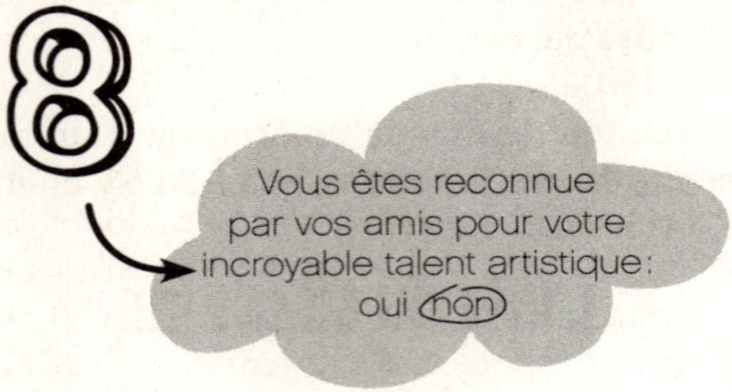

Lucie – Et vous seriez d'accord pour tous aller là-bas maintenant ?

Inutile de vous préciser que la réponse a été « ouiiiiiiiiiiiiiii » à l'unanimité. Une fois le moment d'euphorie passé, Josh a posé la question qui fait mal :

Josh – Vous croyez qu'on a le droit de jouer un spectacle dans un hôpital sans demander la permission à qui que ce soit ?

Léo – Ça va, Josh, tu vas pas recommencer… On s'en tape de leur permission. Ils ont les petits en otage pour une question de papier à la con, on leur réquisitionne leur hôpital, point barre.

Lucie – Josh a raison, on ne peut pas débarquer comme ça. La chambre est trop petite pour jouer à l'intérieur et il faudrait qu'ils nous autorisent à faire la répétition dans la salle de jeux. J'imagine que l'infirmière ne va pas nous donner son accord sans en référer à des tas de gens.

Esteban – Oui… C'est un hôpital, il doit y avoir des règles très strictes pour l'hygiène…

Lucie – Et pour la sécurité des enfants, aussi. Tu imagines si n'importe qui peut débarquer comme ça…

Léo – Alors on fait quoi ? On abandonne une super idée pour des raisons débiles ?

Alors que Léo s'était levé et avait shooté dans le vieux fauteuil club pour exprimer sa colère, j'ai eu la seconde idée du siècle :

Thelma – Et si on demandait à Angel de nous pistonner. Il connaît Jolien, si ça se trouve, il connaît d'autres gens influents.

Un peu comme s'il m'avait entendue, M. Angelmann est sorti de son bureau à ce moment-là.

Était-ce vraiment un hasard s'il sortait pile-poil à cet instant précis ou avait-il les moyens techniques d'entendre notre discussion depuis son bureau? J'ai vite chassé cette idée de micros cachés de mon esprit. Je devenais parano comme Léo, et ses délires de «monde sur écoute» commençaient à me contaminer dangereusement.

Sixtine, que mon idée avait dû convaincre, a interpellé notre directeur:

Sixtine – M. Angelmann! Excusez-moi, mais peut-on vous parler de quelque chose qui nous tient à cœur et pour laquelle vous pourriez nous aider?

Super emballage marketing... Il n'y a rien à dire, cette fille sait embrouiller n'importe qui!

M. Angelmann – Bien sûr...

Il n'a pas fallu plus de deux minutes à Sixtine pour expliquer notre projet. Angel a été très enthousiaste:

M. Angelmann – C'est une excellente idée qui peut même déboucher sur un projet plus vaste.

Léo – C'est-à-dire?

M. Angelmann – À vous de voir... Je vais passer deux ou trois coups de fil et je reviens.

Le directeur parti, nous avons débriefé sur sa réaction :

Sixtine – Il a accepté tout de suite…
Josh – Un peu comme s'il savait déjà de quoi on allait lui parler.

La remarque de Josh m'a fait comme une décharge dans le cœur. La thèse des écoutes se confirmerait-elle ?

Léo – Ça voulait dire quoi « un projet plus vaste » ?
Sixtine – Peut-être qu'il imaginait qu'on pourrait se produire régulièrement à l'hôpital ?

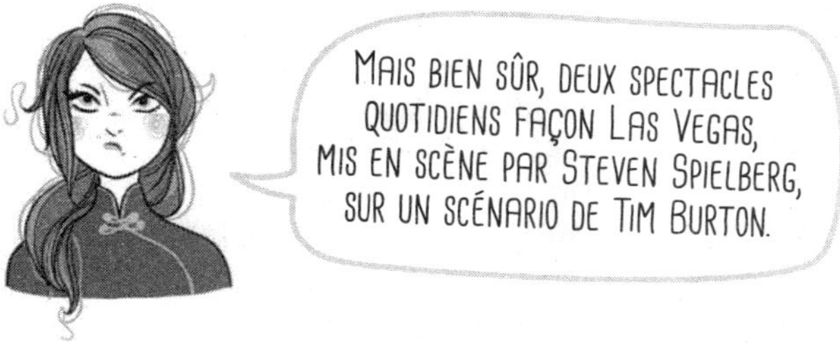

Esteban – Et si, par projet, il entendait quelque chose comme une action humaniste et bénévole ?

Lucie a tilté immédiatement :

Lucie – Comme monter des spectacles pour les enfants hospitalisés ?

Esteban – Exactement… Des petites choses courtes et très simples qui les divertiraient un peu.

Josh – Super idée ! On jouerait pour eux le samedi ou le dimanche après-midi.

Sixtine – Et on créerait notre propre troupe… Il faudrait lui trouver un nom.

Propositions de noms à la Sixtine (avant qu'elle ne propose quoi que ce soit) :

- ☆ *La Star et sa bande*
- ☆ *La Princesse et ses serviteurs*
- ☆ *La Belle et les bêtes*
- ☆ *Queen ballerine et ses valets*

Léo – On pourrait s'appeler Les Révoltés ? Les Pirates ? Les Corsaires ??

Lucie – C'est un peu violent, non ?!?

Léo – Non, je ne trouve pas… Tu préférerais quoi ??? Les Dauphins roses à paillettes ou Les Chatons très mignons ?

Lucie – Il y a peut-être un juste milieu…

Esteban – Il faut surtout que chacun s'y reconnaisse. Parce que si on monte cette troupe, ce n'est pas juste la décision d'un seul individu, c'est une volonté collective de tous, pour tous.

Esteban avait parlé avec une conviction incroyable. Décidément, notre ami le timide avait vraiment une volonté d'acier quand il était convaincu d'être dans le vrai. Après avoir respiré, il a ajouté :

Esteban – Cette troupe doit tous nous représenter, ceux qui jouent et ceux pour qui on joue : toi, moi, tous les autres…

Après un petit moment durant lequel nous sommes restés silencieux, Léo a prononcé d'un ton solennel cette phrase qui allait changer à jamais le cours de nos existences :

Léo – Alors, c'est gravé dans le marbre : nous allons monter une troupe qui créera des spectacles pour les enfants hospitalisés, et cette troupe s'appellera : toi + moi + tous les autres.

Nous avons tous sursauté.

Le directeur, que nous n'avions pas entendu arriver, nous a souri. Décidément, il apparaissait quand même toujours aux moments clés.

M. Angelmann – Et j'ai le plaisir de vous annoncer que les toi + moi + tous les autres se produisent dans moins d'une heure dans la salle de jeux du service pédiatrique de l'hôpital Avicenne où ils sont attendus, en toute légalité, par vingt-six enfants très impatients.

Lucie – C'est vrai ?

M. Angelmann – Absolument… Les jumeaux sont déjà prévenus !

Lucie a prononcé, la voix cassée par l'émotion :

Lucie – Merci, monsieur…

Et elle a tourné la tête pour qu'on ne voie pas qu'elle essuyait une larme sur sa joue. De la voir si bouleversée, je me suis mise à pleurer. Ma meilleure amie m'a serrée fort contre elle.

L'émotion doit être contagieuse parce qu'Esteban a commencé à renifler. Évidemment, Sixtine, craignant qu'on lui vole la vedette, a prononcé avec des trémolos dans la voix :

Sixtine – J'ai le cœur en miettes…

Sa dernière réplique, qui se voulait pathético-poétique, n'a pas produit l'effet escompté. Léo a regardé notre tragédienne nationale en haussant les sourcils et lui a dit :

Léo – Pour les miettes, pas le temps de passer l'aspirateur parce que là, on a du taf !

Et s'adressant à nous :

Léo – Les amis, rassemblez vos affaires, notre nouvelle mission nous attend…

Et tandis que j'essuyais mes yeux, Léo m'a chuchoté à l'oreille :

Léo – Dans **toi + moi + tous les autres**, il y a Toi + Moi… C'est à travailler, non ?!?

Êtes-vous une *lucky girl* ? (bis)

1

Votre BFF et vous, vous vous dites absolument tout : oui (non)

Mais elle a bien le droit d'avoir un jardin secret sans que ça remette en question notre amitié forte et indestructible. Je l'aime, elle m'aime, c'est tout ce qui compte. Et tout à fait entre nous, je ne désespère pas de la faire parler un jour.

2

Votre lover vous aime
et vous comprend:
oui non

Mais si!!!!
C'est juste qu'il m'aime
à sa façon! Il y a plein
de façons d'aimer
les gens qu'on aime...

3

Vous avez neutralisé
votre pire ennemie:
oui non

SI!!!!! Comme quoi, ce n'est pas tout d'être mince,
blonde, cultivée et d'avoir les yeux bleus.
On peut être châtain, avec un reflet auburn,
un peu ronde, ne pas connaître Shakespeare
et plaire au garçon qu'on aime!!!

4

Votre lover ne regarde
qu'une seule fille: vous.
oui non

Mais il a bien le droit
de regarder, du moment
qu'il ne touche
pas les autres.

5

Vous êtes super bien dans votre peau et vous savez mettre en valeur vos jolies rondeurs:
oui non

C'est pas encore gagné, mais je sens que les choses vont changer et que bientôt je mangerai mes Magnum double chocolat sans aucune culpabilité, et que lorsque je me regarderai dans le miroir, j'aimerai la fille que j'y verrai!
À suivre...

6

Votre lover vous donne des signes permanents de son affection:
oui non

« Permanents », je n'irai pas jusque-là, mais si vous lisez la dernière réplique, vous admettez qu'il y a comme une très jolie promesse...
Á suivre aussi...

7

Non, mais l'essentiel est là...

Votre BFF partage avec vous tous ses bonheurs:
oui non

Pas encore, mais je n'ai pas dit mon dernier mot et vous risquez fort d'être surpris très prochainement...

8

Vous êtes reconnue par vos amis pour votre incroyable talent artistique:
oui non

9

Vous avez des doutes sérieux sur quelqu'un de votre entourage qui compte beaucoup pour vous:
oui non

Mais je suis certaine qu'il y a une autre explication que celle de Léo au fait qu'Angel ait ouvert le Repère 17. Je n'imagine pas un instant que notre directeur soit au service d'un labo pharmaceutique véreux et qu'il nous espionne pour faire un profit quelconque. Donc, ça aussi c'est à suivre...

REJOINS thelma SUR

WWW.FACEBOOK.COM/SYLVAINE.JAOUI

ET WWW.SYLVAINEJAOUI.FR

Découvrez un extrait du roman

Un amour de geek

de Luc Blanvillain

– 1 –

Longtemps, Thomas Poupinel avait été un nolife heureux.

Après, il était tombé définitivement amoureux d'Esther Camusot.

Et depuis, ça n'arrêtait plus de se compliquer.

– 2 –

— C'est pas vrai ! hurla Thomas, furieux, en balançant violemment sa souris contre le mur. Je me suis fait *kicker* par l'*admin* !

Pauline, sa petite sœur, qui lisait un livre de filles et de chevaux, assise en tailleur dans le grand fauteuil crème, répondit calmement :

— Normal. Depuis mille heures, tu joues plus, tu *campes*. Déjà, hier, tu faisais exprès ton *team killer*, à moitié.

— Quoi ? Traite-moi de *cheater* tant que tu y es !

— Limite. Tu *fragges* à travers des murs. C'est pas cool.

— Je *fragge* où je veux.

— Alors te plains pas qu'on te *kicke*.

Depuis que Pauline avait appris par cœur le vocabulaire des nolifes, des geeks et des hardcore gamers, on ne s'en sortait plus. Elle avait fait des fiches, exactement comme pour l'anglais et le latin. Sa mémoire ne la trahissait jamais. Thomas se rappelait encore avec une exaspération admirative sa petite voix qui ânonnait, derrière son dos, comme une comptine : « Se faire *kicker* signifie se faire exclure du jeu par l'administrateur du réseau (*admin*). Un *campeur* est un joueur qui casse le jeu en tirant systématiquement sur tout ce qui bouge. *Frag* : tuer, désintégrer, pulvériser, éparpiller. *Cheat* : tricher. *Team killer* : joueur qui tire sur les membres de sa propre équipe. »

Etc.

Elle avait commencé en même temps que lui, dès qu'elle était entrée en sixième et lui en troisième. Deux ans plus tard, ils étaient presque au même niveau. Forcément, elle avait progressé vite, à force de suivre distraitement, depuis son fauteuil, les parties jouées par son frère, tout en dévorant ses histoires de princesses et de poneys ! (Grotesques, ces histoires. Thomas, lui, s'intéressait à ce qui en valait la peine. Traquer un *Draeneï* sur *Azeroth*, par exemple.)

Et comme Pauline était chargée par les parents, quand ils étaient au travail, de veiller à ce que son frère ne joue pas trop longtemps, Thomas et elle avaient conclu un pacte. Il restait connecté tant qu'il voulait, mais elle avait le droit de rester avec lui dans sa chambre, de lire et d'assister aux parties.

Sinon elle balançait tout.

Elle l'avait fait une fois, la petite vache. Ce qui avait calmé Thomas direct.

— Hier soir, Tom a joué trois heures de suite, maman.

— Quoi ? Mais tu es complètement fou, Thomas ! J'en parle à ton père. Je te préviens, demain on coupe Internet.

Il avait juré. Il s'était engagé à se restreindre. Pendant

une semaine, il s'était contenté de chatter une heure par soir sur MSN, de limiter les posts sur ses blogs, de fermer Facebook en se couchant, et de couper son portable la nuit.

Depuis, heureusement, tout était rentré dans l'ordre. La discipline parentale s'était relâchée, Pauline avait repris sa place dans son fauteuil, et Thomas reconquis ses points d'expérience sur *WoW*, sur *Dofus*, puis sur tous les autres.

Un nolife heureux, donc. Jusqu'à Esther Camusot.

– 3 –

Quand Thomas avait rencontré Esther, à la rentrée de première, ça ne s'était pas passé comme dans les consternantes comédies romantiques dont Pauline raffolait. Ça ne s'était pas passé du tout. Ils ne s'étaient pas vus, pas parlé, ils n'avaient pas bredouillé des idioties en rougissant ou en replaçant leurs mèches derrière l'oreille, ils ne s'étaient pas envoyé de piques trahissant une passion naissante. Aucune chaîne de malentendus n'avait fini par les conduire dans les bras l'un de l'autre. Pendant que le prof de maths expliquait qu'à partir de la première ils n'auraient PLUS DE VACANCES, PLUS DE WEEK-ENDS, qu'il allait falloir BOSSER comme des damnés jusqu'au BAC, que le compte à rebours était commencé, Thomas avait joué sur son iPhone, planqué sous la table, tandis qu'Esther promenait ses longs yeux verts sur les nuages de septembre.

Ensuite, l'amour avait dévoré Thomas comme il dévore toujours et depuis toujours les humains :

Il n'avait plus trouvé de goût aux céréales vanille chocolat caramel qu'il engloutissait d'habitude le matin par poignées, en survolant ses mails.

Il n'avait plus réussi à dormir jusqu'à midi le dimanche, mais se réveillait tourmenté dès dix heures et demie, et l'un de ses avatars (*M. Flash*) s'était fait bouffer par deux Worgens pendant qu'il pistait un Troll.

Le jour où il s'était mis à voir le visage d'Esther flotter partout comme un fantôme, y compris dans ses saucisses purée, à la cantine, il avait su qu'il était foutu. Raide mort.

C'était un vieux lundi pluvieux, pourri d'entrée par un DS de maths. Il ne s'était pas concentré une minute. Les chiffres lui paraissaient poétiques. Par-delà sa copie, il pouvait contempler le beau dos penché d'Esther, avec ses vertèbres impeccables qui bosselaient son pull à fleurs.

Parce qu'elle était genre pulls à fleurs. Il avait essayé de définir son style, au début. Sa chevelure noire lui donnait un côté gothique, aussitôt contredit par ses robes à la Laura Ingalls de *La Petite Maison dans la prairie*, et ses boucles d'oreilles où voletaient des papillons en verre soufflé. Elle avait du bol d'être over belle. La même en moche, on lui aurait direct écrit « victime » au marqueur sur le front.

Au lieu de quoi, tous les garçons la draguaient. Mais tous. Même Benjamin Bellec, que son appareil dentaire disqualifiait au premier sourire. Un pur délire. Aux récrés, c'était Esther par-ci, Esther parle-moi, Esther file-moi ton 06. Et ses copines ne la détestaient même pas. Elles s'inclinaient, avaient trouvé leur reine. Quelqu'un pensait qu'elle venait du futur pour repérer l'élu qui sauverait la terre du Grand Cataclysme. Cette hypothèse n'avait fait rigoler personne. Esther forçait l'admiration et le respect.

Bien sûr, Pauline avait compris tout de suite ce qui se passait. La fatale question, portée par sa voix grêle, avait percuté le tympan épuisé de Thomas, ce fameux 8 novembre.

— C'est qui ?

— C'est qui qui ?

— C'est qui la fille à cause de qui tu vois même pas qu'un gobelin te guette derrière le donjon nord, et qu'il va te dégommer d'un seul *moule shot* si tu planques pas tes fesses ?

— Un gobelin ? Bordel !

Thomas s'en était sorti de justesse, cette fois-là. Pauline avait reposé sa question, comme on exige le paiement d'une dette.

— Et donc, c'est qui ?

Mieux valait avouer. De toute façon, sinon, elle avait à sa disposition une série d'armes imparables. Elle commencerait par le harcèlement pur et simple : la question « C'est qui ? » répétée en permanence, à tous moments, en tous lieux, sous la douche, aux toilettes, ou quand il causerait avec ses potes.

Elle embraierait sur le chantage :

— Je dis à papa que tu n'as pas déconnecté de la nuit.

— Mais c'est faux ! C'est dégueulasse !

— C'est moi qu'ils croiront et tu le sais.

Et recourrait, en cas de résistance prolongée, à l'arme fatale : les photos de Thomas en slip de bain, à huit ans, pleurant sur la plage de Cabourg parce qu'il avait eu peur d'un crabe, qu'elle enverrait en pièces jointes à certaines personnes choisies qui ruineraient Thomas sur Facebook, en deux clics.

Il admit donc :

— Elle s'appelle Esther. Esther Camusot.

La réaction de Pauline fut stupéfiante.

— Esther ? Je la connais. Elle est super.

La phrase avait été prononcée sans la moindre émotion, et fut suivie du bruit calme d'une page qu'on tourne.

— C'est ça ! risqua Thomas en avalant sa salive. Et toi tu es sortie avec Barack Obama ?

Il était assez mauvais, en répliques qui tuent.

Pauline prit le temps de terminer sa page. Exprès. Mais mieux valait ne pas insister, elle aurait prolongé la torture jusqu'à la fin du chapitre. Il se contint, attendit, en profita pour balancer un *head shot* à un gros elfe moelleux.

— Je la connais, précisa enfin Pauline. On est amies sur Facebook.

— Hein ? Mais d'où vous êtes amies ? Tu pouvais pas me le dire ?

— Il faut que je te dise le nom de toutes mes amies Facebook au cas où tu serais amoureux d'elles ?

— J'ai pas dit amoureux.

— C'est ça. Et moi, je l'ai plaqué hier.

— Qui ?

— Barack.

Silence troublé par la voix d'un joueur grésillant dans les enceintes de l'ordi, et qui demandait à Thomas, *via* le réseau IP, s'il se rappelait qu'il était censé diriger le clan, et présageait que, s'il ne se bougeait pas rapido, ils seraient boulottés par les Murlocs jusqu'au dernier pixel avant la prochaine lune.

— Pas faux, dit Pauline.

Thomas éteignit les enceintes et quitta le jeu à l'arrache, sans prévenir personne. D'autres s'étaient fait bannir pour moins que ça. Il n'y pensait même pas.

— D'où tu connais Esther ?

Pauline soupira, puis condescendit à répondre :

— On s'est connues sur un forum d'équitation. Elle est géniale. Elle fait de la voltige équestre.

— De la quoi ?

— De la voltige équestre. De la gymnastique artistique, à cheval.

Avant que Thomas ait eu le temps de mesurer la portée de cette information, leur père passa sa tête ébouriffée par l'embrasure de la porte.

— Il est dix heures, les enfants. Extinction des feux. Il y a école, demain.

À sa grande surprise, Thomas obéit sans un mot, et Pauline lui fit une bise négligente avant de se diriger en bâillant vers sa chambre. Pas de protestations, de minutes supplémentaires négociées, de chicaneries, d'agacements.

— Thomas, hasarda-t-il, tout va bien ? Tu peux me parler, tu sais, si tu as besoin.

Mais à son grand soulagement, Thomas proféra quelques borborygmes, dans le langage si particulier des adolescents garçons, et qui semblaient indiquer que tout allait au mieux. M. Poupinel referma la porte, ravi de s'en tirer à si bon compte.

– 4 –

Les parents ne comprenaient rien aux univers virtuels. Ils s'inquiétaient, c'était normal. On ne pouvait pas leur en vouloir. Le premier pithécantruc qui s'était mis debout, en moins trois milliards avant Jésus-Christ, avait dû inquiéter aussi beaucoup ses congénères, vautrés dans leur bonne boue grasse. À lui aussi on avait dû dire qu'il allait « perdre le contact avec le réel », qu'il dépérirait, si près du ciel, qu'il finirait par devenir dépendant des nuages, addict à l'infini. Grâce à Thomas, la famille Poupinel avait poussé la porte du futur. D'ailleurs, son addiction avait bon dos, car ses parents ne valaient pas beaucoup mieux que lui.

Éric Poupinel, le père, dès qu'il rentrait du boulot, se précipitait sur ses forums consacrés au rock anglais du milieu des années soixante. C'était son délire à lui, des groupes archi-inconnus, dont il se procurait les vinyles à prix d'or, par son réseau de potes qui épluchaient les bacs poussiéreux de disquaires fanatiques, au fin fond de Londres, Berlin ou Amsterdam. Au moins trois fois par semaine, il fracassait la porte de la chambre de Thomas et entrait en brandissant une galette noire entre deux doigts tremblant de bonheur : « La version originale de Fresh Cream, 1966 ! Pas une ride ! Pas une rayure ! » Il tombait à genoux, braillait une mélodie (toujours plus ou moins la même car il chantait faux et fort) tout en adoptant la gestuelle d'un guitar hero aux narines dilatées par la dope. Ses articulations craquaient beaucoup. Deux fois, il s'était coincé le dos.

Thomas et Pauline sentaient bien que cette inaltérable ferveur amusait de moins en moins leur mère, qui lui demandait toujours combien il avait payé son collector. Il ne répondait jamais, mettait le disque sur la platine, et l'invitait à danser avec lui, sa grande carcasse récemment flanquée d'un début de bide exécutant des figures saccadées, imitées de Mick Jagger, et qui faisaient très peur quand on n'était pas habitué.

Comme il n'hésitait pas à se comporter ainsi devant n'importe qui, Thomas et Pauline n'osaient pas trop inviter des gens. Quand ils organisaient une soirée, ils s'arrangeaient toujours pour virer au moins leur père. Thomas se souviendrait toujours de son quatorzième anniversaire, quand M. Poupinel avait voulu jouer les disc jockeys, choisissant uniquement des morceaux préhistoriques, blindés de riffs interminables, sur lesquels il tressautait en balançant ses grands bras, dans un nuage de Chamallows et de Curly. Il avait anéanti d'un coup de pied les lunettes de Brice Mabillon, et tout s'était très mal fini.

Les soirées de la famille Poupinel étaient plutôt calmes. Monsieur traquait ses trésors sur des sites spécialisés, madame chinait sur eBay, se faisant livrer par la poste des trucs inutiles pour décorer la maison : serre-livres, vases, brocs émaillés, tableaux représentant des bouquets ratés, coussins pour chat. Elle causait avec ses copines, aussi, et lisait des articles féminins. Pauline surfait sur ses sites de bourrins, puis venait lire dans la chambre de Thomas, pour le surveiller.

Il était loin, le bon vieux temps du Moyen Âge, où les membres de la famille se serraient les uns contre les autres, dans la lumière tremblotante de la télévision.

– 5 –

— Dis-moi exactement tout ce que tu sais sur Esther.

Il était très tard. Thomas avait rejoint Pauline dans sa chambre. Une veilleuse de bébé projetait sur les murs roses une silhouette de fée à grosses fesses, qui avait toujours un peu effrayé Thomas.

— Laisse-moi. Je suis fatiguée. J'ai un contrôle de musique demain.

Un contrôle de musique ! Parfois, Pauline vous laissait rêveur.

— Fais pas ta chienne. Tu veux quoi ?

— Tu m'emmènes au bowling samedi.

— Mais pourquoi moi ? Pourquoi moi ? T'as pas des potes qui aiment ça ?

— Ils sont nuls. Y a que toi qui te fais pas écraser tout de suite par ma puissance de jeu.

C'était vrai. Pauline, apparemment musclée comme un têtard, balançait au bowling des tirs de roquette à vous décrocher les mandibules. Strike chaque fois ou presque. Et quand elle ratait, c'étaient des bordées de jurons si grossiers que les vieux alentour n'en croyaient pas leur sonotone.

— OK. Bowling. Crache tout.

Pauline s'assit dans son lit, cala les oreillers ornés d'affreuses petites filles à couettes jaunes et à gros yeux, et prit l'air concentré qu'elle avait déjà quand elle gobait ses biberons.

— Esther est championne départementale de voltige à cheval. Elle prépare les championnats régionaux. Elle a toutes ses chances. Ses parents possèdent le centre équestre de la Vallée d'Or, à la sortie de la ville. Elle s'entraîne tous les jours. Elle adore Jane Austen et Cocoon. Elle ne boit que du jus de mangue bio. Elle est végétarienne. Elle coud elle-même presque toutes ses fringues. Elle veut travailler dans le monde des chevaux, plus tard, faire des voyages, avoir une fille qui s'appellera Rose.

— Rose ?

— Ça te plaît pas ? Tu pourras peut-être en discuter avec elle.

— Continue.

— Elle t'aime bien. Peut-être plus que ça.

Thomas sursauta et faillit tomber de son pouf. Un sourire narquois s'esquissa sur les lèvres de Pauline.

— Tu te fous de ma gueule ? Elle m'a jamais parlé.

— Ben oui, justement.

Ah. L'obscure logique des filles.

— Mais vous... vous discutez beaucoup ?

— Tous les soirs. On parle surtout du *Destrier d'argent*. Elle est fan.

Le Destrier d'argent. Une série pour filles. Quinze tomes, pour le moment, mais les auteurs en pondaient deux par an. Une horreur. Ça se passait dans une espèce de pays genre Angleterre, il y avait des grandes propriétés, des mystères, des tonnes d'étalons, des garçons craquants, des palefreniers. Les couvertures des bouquins étaient flashy, fluos. Aux yeux d'un authentique nolife, c'était la quintessence du mauvais goût.

Mais, curieusement, Esther n'en fut pas discréditée. Bien au contraire. L'obscure logique de l'amour.

Il allait falloir que Thomas digère toutes ces infos. La chambre de Pauline l'étouffait, saturée de peluches pas encore reléguées au grenier, tapissée de posters où des poneys franchissaient des obstacles, le regard rond et vide comme celui de Tintin. Il tenta de se lever, se rassit, en proie à un léger vertige. Il lui faudrait au moins une bonne heure d'hyperviolence, dans les marécages de Törndrull, pour recouvrer son calme. Il se souvint qu'il était sur la piste d'un grand Körn des abysses, et que ça risquait de chauffer pour les écailles de la bestiole.

— Dimanche, je suis invitée chez elle.

Les neurones de Thomas, passé le choc électrique, se reconnectèrent à tâtons.

— Invitée chez qui ?

— Chez Lady Gaga.

Moyen, ça. Pauline était vraiment fatiguée.

— Mais comment, invitée ?

— L'idée, c'est que je vais chez elle, que j'y reste un moment, puis que je rentre chez moi. Invitée, ça s'appelle.

Invitée chez Esther. Il était si stupéfait qu'il s'explora l'intégralité de la narine gauche, comme s'il était seul devant son écran.

— Tu veux mon doigt ?

— Hein ? Non mais... comment tu as fait ?

— Je n'ai rien fait. Elle m'a demandé si ça me plairait de la voir s'entraîner, et j'ai dit oui. Tu veux venir aussi ?

Les choses allaient trop vite. Thomas voulut former un mot puis renonça. Pauline vint à son aide.

— J'ai dit que tu t'intéressais à l'équitation. Elle a eu l'air étonnée. Elle m'a dit qu'elle pensait que tu étais un vrai nolife et que c'était triste.

— Triste ?

— Oui. Elle a horreur des jeux en réseau. Elle dit que c'est une drogue. Elle voudrait sortir avec quelqu'un qui aime la vie, la nature, qui se soucie de l'avenir de la planète, des trucs comme ça.

La vie. Esther était donc l'une de ces personnes qui se réfugient dans la réalité.

— T'es dingue d'avoir dit que je m'intéressais aux canassons. Tu sais bien qu'ils me dégoûtent !

C'était vrai. L'antipathie que suscitait chez Thomas le monde équin s'était progressivement muée en révulsion. Dans un cheval, il remarquait surtout les mouches qui lui suçaient le museau, les taches de crottin boueuses sous sa queue, les énormes organes génitaux étalés sans pudeur, l'odeur écœurante, les bruits pas rassurants, souffles d'autobus, hennissements hystériques. Et puis, surtout, les yeux vides, exorbités. Comment pouvait-on nourrir une telle passion pour ces monstres ? Les chevaux virtuels étaient beaucoup plus beaux, légers, maniables. Les graphistes avaient humanisé leurs traits, affiné leurs silhouettes. Les chevaux réels avaient encore besoin de quelques millénaires d'évolution pour être présentables.

— Ce que je te conseille, reprit Pauline, c'est de bosser, d'ici samedi. Je t'ai préparé de la doc.

Elle désigna une pile de bouquins et de revues. L'*Encyclopédie du cheval*, les tomes 1 et 2 du *Destrier d'argent*, et plusieurs numéros de magazines spécialisés.

— Il faut que tu maîtrises les notions de base. Je suis sûre que tu ne fais même pas la différence entre la longe et le licol. Arrange-toi pour être crédible.

Pauline, soudain, se redressa :

— Bon. Maintenant, fais-moi réciter mon théâtre.

Thomas mit ses mains sur son front, comme en proie à une douleur aiguë.

— Non ! Pas ça ! Pitié !

Pauline préparait une pièce de théâtre pour le spectacle de fin d'année, au collège. C'était un truc invraisemblable qu'elle avait écrit avec des copines. La mise en scène était assurée par la prof de français. On n'en était encore qu'au début, et c'était déjà nullissime. Pauline jouait comme un pied. Thomas n'avait pas trop osé le lui dire, par peur des représailles. Chaque fois qu'elle lui rendait un service, en plus du bowling, il devait lui faire réciter son rôle, celui d'une jeune fille amoureuse d'un abruti très beau (joué par Timothée Garland, recruté sur casting). Après, il se passait des trucs genre jalousie, phénomènes surnaturels, crises, et elle l'épousait à la fin.

Elle lui tendit les feuillets.

— Allez ! Juste le début de la scène 3 !

Il se résigna, attrapa les papiers.

— Rod, soupira Pauline, Rod, je sais que tu n'es pas de notre monde. Je l'ai deviné quant tu m'as regardée, l'autre soir. J'ai senti que...

— Arrête ! coupa Thomas.

— Quoi ?

— Désolé, c'est nul.

Elle sursauta. Il n'avait jamais été si direct avec elle.

— Nul ?

— Écoute, Pauline, développa Thomas qui se sentait crevé et agacé par les récents événements, le théâtre, c'est... c'est pas de la récitation, tu vois. Ça doit venir de là.

Il se frappa les tripes.

— Tu t'y connais en théâtre, toi ?

— Ouais. On l'a bossé en français. C'est un *objet d'étude*, assena-t-il.

Pauline se renfrogna.

— Nul, ça veut rien dire. Faut que t'expliques.

PAPIER À BASE DE FIBRES CERTIFIÉES

Le Livre de Poche s'engage pour l'environnement en réduisant l'empreinte carbone de ses livres. Celle de cet exemplaire est de :
300 g éq. CO_2
Rendez-vous sur www.livredepoche-durable.fr

« Pour l'éditeur, le principe est d'utiliser des papiers composés de fibres naturelles, renouvelables, recyclables et fabriquées à partir de bois issus de forêts qui adoptent un système d'aménagement durable. En outre, l'éditeur attend de ses fournisseurs de papier qu'ils s'inscrivent dans une démarche de certification environnementale reconnue. »

Édité par la Librairie Générale Française - LPJ
(58 rue Jean Bleuzen, 92 170 Vanves)

Composition Nord Compo
Achevé d'imprimer en Espagne par CPI
Dépôt légal 1re publication octobre 2018
40.5007.5 / 01 - ISBN : 978-2-01-705215-9
Loi n° 49-956 du 16 juillet 1949 sur les publications destinées à la jeunesse
Dépôt légal : octobre 2018